Contra
um Bicho
da Terra
tão Pequeno

Copyright © Érico Nogueira
Copyright desta edição © 2018 Editora Filocalia

Editor
Edson Manoel de Oliveira Filho

Produção editorial
Editora Filocalia

Capa e projeto gráfico e diagramação
Nine Design Gráfico | Mauricio Nisi Gonçalves

Preparação de texto
Fernanda Simões Lopes

Reservados todos os direitos desta obra. Proibida toda e qualquer reprodução desta edição por qualquer meio ou forma, seja ela eletrônica ou mecânica, fotocópia, gravação ou qualquer outro meio de reprodução, sem permissão expressa do editor.

CIP-BRASIL. CATALOGAÇÃO NA PUBLICAÇÃO
SINDICATO NACIONAL DOS EDITORES DE LIVROS, RJ

N711c
   Nogueira, Erico, 1979-
     Contra um bicho da terra tão pequeno / Erico Nogueira. - 1. ed. - São Paulo : Filocalia, 2018.
   160 p. ; 21 cm.

   ISBN 978-85-69677-21-5

   1. Literatura brasileira - História e crítica. 2. Literatura brasileira. I. Título.

18-49538
                                                    CDD: 869.909
                                                  CDU: 821.134.3(81).09

Leandra Felix da Cruz - Bibliotecária - CRB-7/6135
07/05/2018   10/05/2018

Editora Filocalia Ltda.
Rua França Pinto, 509 • Vila Mariana • São Paulo • SP
cep: 04016-002 • Telefax: (5511) 5572 5363
atendimento@filocalia.com.br • www.editorafilocalia.com.br

Este livro foi impresso pela Paym Gráfica e Editora em maio de 2018. Os tipos são da família ITC New Baskerville e Bodoni Std. O papel do miolo é o Lux Cream 80 g, e o da capa, cartão Ningbo C2 250 g.

Érico Nogueira

Contra um Bicho da Terra tão Pequeno

FILOCALIA

Sumário

Prefácio — A Farsa como Forma 7
João Cezar de Castro Rocha

Intenções à Guisa de Prólogo
   A Primeira 21
   A Segunda 22
   A Terceira 23

Capítulo I 29
   No qual se informa como, onde e por que o poeta bucólico se uniu aos conjurados

Capítulo II 39
   Da memorável entrevista do presidente

Capítulo III 51
   De como a primeira-dama inaugurou um orfanato, com outros sucessos dignos de menção

Capítulo IV 63
   Em que o poeta sonha, e uma pessoa morre

Capítulo V 75
Onde se descreve o quotidiano do presidente, com variadíssimas reflexões e um arremate psicanalítico

Capítulo VI 87
Que conta uma visita da senhora primeira-dama à sua digníssima genitora

Capítulo VII 99
De como o poeta não dormiu, tomou um ônibus, passou num bar e chegou ao palácio

Capítulo VIII 111
Que narra como o presidente se atrasou, mas ainda assim chegou ao palácio

Capítulo IX 123
Do absolutamente novo e nunca visto comercial da primeira-dama, gravado por ela antes de chegar ao palácio

Capítulo X 137
Onde finalmente se descreve o que aconteceu no palácio, e se dá fim a esta malparada história

Posfácio — O Poema Dissoluto 153
Marco Catalão

A FARSA COMO FORMA

João Cezar de Castro Rocha[1]

Só que tarde demais?

Nos primeiros versos do sétimo poema da série "Deu Branco", o leitor talvez descubra uma chave possível — entre outras, advirta-se — para penetrar surdamente no reino das palavras de *Contra um Bicho da Terra tão Pequeno*.

Ei-los:

> Roma, enfim — chego bem, só que tarde demais;
> estátua e praça e tudo não como o esperado
> (o mundo é tão certinho na fotografia) [...][2].

A consciência da defasagem, tornada tema e elaborada em forma, distingue a fatura do poeta. Aliás, e desde seu livro de estreia, trata-se de traço constante na literatura de Érico Nogueira[3].

---

[1] Professor Titular de Literatura Comparada da Universidade do Estado do Rio de Janeiro (UERJ).

[2] Érico Nogueira. "Deu Branco". *Dois*. São Paulo: É Realizações, 2010, p. 51.

[3] Numa observação aguda: "Érico Nogueira é um poeta recessivo; ainda mais recessivo porque jovem. Não no Brasil apenas, mas no Ocidente, hoje. E explica-se: seu uso de rimas & de formas fixas, assim como suas leituras, remetem os leitores imediatamente ao passado

Recordo, nesse horizonte, o "Posfácio do Autor", em *O Livro de Scardanelli*. Nele, o livre trânsito entre temporalidades tem como correlato objetivo — digamos assim — o domínio de uma técnica clássica nem sempre devidamente apreciada em sua plenitude.

Eis o procedimento:

> O título do livro me foi sugerido pela emulação que decidi fazer de todos os vinte e três poemas que o Hoelderlin tardio, e louco, escreveu assinando "Scardanelli". As datas estampadas são também dele, não minhas — donde se pode medir a "amplitude temporal", digamos assim, da grande poesia. Afora, porém, o metro, o ritmo e as rimas dos originais, meus poemas não se lhes assemelham em nada, ou quase nada[4].

Passagem exemplar!

De um lado, o autor, então estreante, dribla, sem remorso aparente, o preconceito da originalidade, concentrando o arco e a lira na busca da complexidade intertextual — marca-d'água de sua escrita. De outro, longe de limitar-se a meros malabarismos técnicos — *o metro, o ritmo e as rimas,* entre outros elementos —, Érico Nogueira arrisca a dicção própria no confronto com a voz alheia. Melhor: o contraponto, contracanto — polifonia sim, mas sem hierarquias inamovíveis.

---

da arte poética, de modo proposital & calculado, porque Nogueira não é nada ingênuo". Dirceu Villa. "Érico Nogueira, o Oposto". In: Érico Nogueira. *Dois.* São Paulo: É Realizações, 2010, p. 7.

[4] Érico Nogueira. "Posfácio do Autor". *O Livro de Scardanelli.* São Paulo: É Realizações, 2010, p. 99.

Numa palavra: *aemulatio*[5].

Portanto: Roma — e ainda bem que o poeta chegue *tarde demais*. Atrasado na ida e sobretudo no retorno à improvável Ítaca do aqui e agora — esse tempo de limites muito claramente marcados.

Vejamos:

> Enfim embarco "tudo certo, agora tudo
> certo" — a não ser o meu livrinho, tá no táxi,
> verso alemão que para sempre vai rodar
> por Roma, ah, vai, embora quase ninguém note;
> "monumento mais duro que o bronze" — que nada [...][6].

Ora, versos em palimpsesto, neles se cruzam o táxi e o Goethe das *Römische Elegien*, o avião e o Horácio da Ode III 30 — *Exegi monumentum aere perennius*. E isso sem negligenciar o Ovídio melancólico e sua súplica inatendida por Augusto:

> Parve — nec invideo — sine me, liber, ibis in urbem:
> ei mihi, quod domino non licet ire tuo![7]

---

[5] Numa nota igualmente certeira: "A poesia de Érico Nogueira se alimenta, não só, mas também, da grande poesia alheia. Mas qual poesia não está nesse caso? A diferença, talvez, é que nem sempre a revelação das fontes de que o poeta se acerca é assim tão direta, e tão criteriosamente articulada". Carlos Felipe Moisés. "Para quê Poetas?...". In: Érico Nogueira. *O Livro de Scardanelli*. São Paulo: É Realizações, 2010, p. 110.

[6] Érico Nogueira. "Deu Branco". *Dois, op. cit.*, p. 51.

[7] "Sozinho irás, livrinho que eu invejo, até a urbe / aonde, ai de mim, já não deixam ir teu amo!" (Tradução de José Paulo Paes).

Banido de Roma, exilado em Tômis, o poeta de *A Arte de Amar* consolava-se com a ideia de seu livro circulando na capital do Império, compulsado com a paixão dedicada às coisas proibidas. Esquecido no táxi, o "verso alemão que para sempre vai rodar / por Roma, ah, vai, embora quase ninguém note" — claro: o desterro atual da poesia é antes a indiferença. A tradução plástica do motivo ovidiano no próprio verso esclarece um procedimento característico da literatura de Érico Nogueira.

Em lugar de descrevê-lo, desencarnado, leiamos o princípio da seção "Bucolicazinha", de *Poesia Bovina*:

> "Como? 'Bucolicazinha' — ouvi bem?; puta mico, e que mico, ã", esgoelava, vermelha, uma voz de semáforo histérico, e "Vai tomar no cu", respondi, "vou passar no vermelho, carro-de-boi, meu amigo, hoje em dia quem vai multar?" [...][8].

O diminutivo, depreciativo, tem sua potência ampliada, e muito, na metáfora forte do cruzamento de temporalidades: um carro-de-boi que ultrapassa o sinal fechado — e o faz passo a passo, bem entendido. Assim, o topos do gênero bucólico é menos retomado que diminuído; diminuição essa que explicita os impasses que explodem na novela que você tem em mãos. Impasses em todos os níveis, e deles trataremos na seção seguinte. Anote-se desde já, porém, que o afiado exercício de estilo de "Bucolicazinha" corta ainda mais

---

[8] Érico Nogueira. "Bucolicazinha". *Poesia Bovina*. São Paulo: É Realizações, 2014, p. 47.

fundo em *Contra um Bicho da Terra tão Pequeno*. De fato, há um fio sutil entre os dois títulos.

Fiquemos ainda na *poesia bovina*, que, como o ato de leitura machadiano, é sobretudo uma poética da ruminação.

Veja-se, por exemplo, a retomada da *Eneida* nos versos de "Estudo Barroco para um Poema Moderno" (título no qual o atrito entre temporalidades mais uma vez se destaca):

> (leio *Dido pulquérrima, tensa, tremendo,*
> *consulta as vísceras pulsáteis que oferece*
> e penso que esse verso bem agrade a um açougueiro
> e há um verso de Virgílio para cada qual) [...][9].

Especialmente para um autor-emulador, isto é, em primeiro lugar, um leitor atento (e malicioso) da tradição. Na literatura brasileira, poucas apropriações de Virgílio têm o sabor inesperado da do cronista Machado de Assis. Em texto de *A Semana*, saído em 7 de janeiro de 1894, assim se expressa o autor de *Memórias Póstumas de Brás Cubas*:

> Às vezes fito um quintal Roma, de onde algum velho galo acorda o ilustre Virgílio, e pergunto se não será o mesmo galo que me acorda, e se eu não serei o mesmíssimo Virgílio. É o período de loucura mansa, que em mim sucede ao sono. Subo então pela Via Appia, dobro a Rua

---

[9] Érico Nogueira. "Estudo Barroco para um Poema Moderno". *Poesia Bovina, op. cit.*, p. 21.

do Ouvidor, e barro com Mecenas, que me convida a cear com Augusto e um remanescente da Companhia Geral[10].

O emprego do tempo verbal no presente ilumina tanto a dimensão onírica quanto o eixo de simultaneidade entre todas as épocas que compõem a tradição, num ato de leitura adivinhado pelo T. S. Eliot de "Tradition and Individual Talent". No caso da experiência literária em língua portuguesa, sobretudo na lírica, Virgílio é nome tutelar por definição. Como ninguém ignora, o emulador-mor do vernáculo, Luís Vaz de Camões, transformou *Arma virumque cano*, verso inaugural de *Eneida*, em *As armas e os barões assinalados*, momento inaugural de toda uma literatura. O êxito da emulação se anuncia nos versos sempre citados (embora não necessariamente compreendidos):

Cessem do sábio Grego e do Troiano
As navegações grandes que fizeram;
Cale-se de Alexandre e de Trajano
A fama das vitórias que tiveram;
Que eu canto o peito ilustre lusitano,
A quem Netuno e Marte obedeceram.
Cesse tudo o que a musa antiga canta,
Que outro valor mais alto se alevanta.

---

[10] Machado de Assis. *A Semana*, 7 de janeiro de 1894. *Obras Completas*. Vol. III. Afrânio Coutinho (org.). Rio de Janeiro: Nova Aguilar, 1986, p. 597.

Os dois últimos versos propõem a analogia certeira: se os navegadores portugueses desafiaram o *nec plus ultra* das Colunas de Hércules, por que o engenho luso de igual modo não suplantaria os modelos gregos e latinos? Pois é bem nesses mares que se arrisca o poeta em sua primeira incursão pela prosa.

(Verso e prosa, aliás, já prometidos por outro poeta-ensaísta-crítico.)

Hora de considerar *Contra um Bicho da Terra tão Pequeno*.

Por que tanto arabesco e curva?

Entenda-se a pergunta; afinal, na terceira das "Intenções à Guisa de Prólogo", tudo fica esclarecido:

Por que tanto arabesco e curva
de fardão rococó, quando é um papinho reto,
sem camisa e descalço, agora
o que o tempo demanda [...][11].

O contraste entre o tom refinado, ao menos na superfície, e o escracho, como pano de fundo, afirma o cenário ideal para o desenvolvimento de uma farsa, no sentido mais corrente, ou de uma sátira na acepção propriamente latina, alvejando costumes, princípios e instituições.

---

[11] Ver, neste livro, p. 23.

Bem pesada a balança, contudo, a dicção farsesca predomina na prosa afiada de Érico Nogueira. Opção cujas consequências levam longe. Comecemos pelo título desta novela. O leitor certamente identificou sua fonte: o último verso da estância CVI de *Os Lusíadas*, ou seja, o último verso do Canto I:

No mar tanta tormenta e tanto dano,
Tantas vezes a morte apercebida;
Na terra tanta guerra, tanto engano,
Tanta necessidade aborrecida!
Onde pode acolher-se um fraco humano,
Onde terá segura a curta vida,
Que não se arme e se indigne o Céu sereno
Contra um bicho da terra tão pequeno?

No contexto da estância, o verso tem o peso de uma questão metafísica. Ora, se "No mar tanta tormenta e tanto dano", em terra firme a sorte pouco varia, "Na terra tanta guerra, tanto engano". Sendo assim, como imaginar qualquer ação humana que não seja potencialmente ameaçada pelas forças da natureza ou pelos impasses da história?

Pelo avesso, claro está, essa mesma circunstância apenas acrescenta fama às conquistas portuguesas, pois, ao fim e ao cabo, foi *um bicho da terra tão pequeno* o responsável pela façanha contada em poema de Fernando Pessoa, permitindo "que o mar unisse, já não separasse".

A agudeza da prosa de Érico Nogueira começa a aparecer. No título desta novela, suprime-se a pergunta, substituída pela prosaica literalidade do título: *contra um bicho da terra tão pequeno*. Descontextualizado radicalmente, o verso transforma-se numa denúncia inesperada de uma situação tacanha — medíocre a não mais poder. Afinal, nessa terra nada é mais medíocre do que o exercício do poder.

Não é tudo.

Um: c*ontra um bicho da terra*, isto é, o caráter provinciano, local, em sentido pejorativo, da trama se descortina.

Dois: *tão pequeno*, vale dizer, a mediocridade, mesmo desfaçatez, das personagens desta novela não deixa margem a dúvida: do ponto de vista moral, trata-se de povo perfeitamente liliputiano.

Nesse cenário, a farsa se impõe à sátira. Ora, esta ainda supõe a possibilidade de regeneração, de reforma dos costumes, num retorno a um momento idealizado de virtude. Estamos no domínio bem conhecido do *ridendo castigat mores*. Já a farsa — farsa rasgada, sem eira nem beira — sugere o desencanto tornado método, autêntica visão de mundo. Um mundo para além — ou aquém — de toda possibilidade de redenção: autêntico vale-tudo, comandado pela hermenêutica vigente no universo dos tristes trópicos: farinha pouca, meu pirão primeiro.

(Se a farinha fosse farta, a hermenêutica apenas se aperfeiçoaria: farinha muita, meu pirão primeiríssimo.)

A descontextualização do verso com fôlego épico e a metamorfose da questão metafísica em constatação melancólica assinalam a força da expressão literária de Érico Nogueira. De igual modo, o exercício de estilo da seção "Bucolicazinha" de *Poesia Bovina* é tanto radicalizado quanto redirecionado nesta novela. Recorde-se a epígrafe do livro de 2014, extraída de Tomás Antônio Gonzaga:

> Eu, Marília, não sou algum vaqueiro
> que viva de guardar alheio gado.

Marcelo Tápia observa muito bem a operação realizada pelo poeta em sua retomada do gênero clássico: "O sentido do termo *bucólica* é tomado pelo autor de *Poesia Bovina* em sua acepção primeira: em grego, βουκολικός era concernente aos boiadeiros, pastores de bois (βοῦς, 'boi')"[12]. Retomada radicalmente originária, portanto, e ainda assim — ou por isso mesmo? — dessacralizadora. E, claro está, tal dessacralização é o passo primeiro e indispensável para a potência peculiar da *aemulatio* definidora da literatura de Érico Nogueira. Gesto aparentado encontra-se no procedimento de ressignificação do verso de Camões.

Trata-se, por assim dizer, de *aemulatio*, sem dúvida, mas *cum grano salis*. Isto é, uma emulação em alguma medida cética. Talvez se possa dizê-lo mais precisamente: uma emulação que não se limita a apropriar-se da

---

[12] Marcelo Tápia. "Berrante Ruminuminante". Érico Nogueira. *Poesia Bovina, op. cit.*, p. 9.

traditio, ampliando-a, porém que não deixa de também colocá-la severamente em questão. Na novela que o leitor tem em mãos, esse procedimento favorece uma crítica impiedosa do tempo que nos coube.

Agora, aqui, que o barulho é tanto

Em meio ao ruído contemporâneo, sugere a primeira das "Intenções à Guisa de Prólogo": "*santo e tonto* é igual"[13]. Os extremos se tocam, promete o narrador das *Memórias de um Sargento de Milícias*, e nessa promiscuidade se desenha um universo dominado por relações de favor e compadrio — lá e cá: no romance do século XIX e nesta novela do XXI. Afinal, como aqui se recorda, "O que é de todos não é mesmo de ninguém"[14]. Perversão completa da noção de *res publica*, o público é sempre apropriado pelos núcleos privados do poder.

Mas isso, claro está, somente ocorre na república-farsa de Érico Nogueira. Por isso mesmo, no seu mundo ficcional não estamos longe do horizonte da política tupiniquim; na verdade, estamos bem no seu âmago.

Imagine-se uma república — republiqueta — na qual uma inesperada transformação está prestes a ocorrer.

Ora, arremedo farsesco de *Julius Caesar*, o presidente do pedaço, poetastro tornado político poderoso

---

[13] Ver, neste livro, p. 21.
[14] Ver, neste livro, p. 39.

— pois é: você completará a lacuna — tomou uma decisão temerária:

> [...] o tal Nero do Conselho tanto fez, confrade, que o seu buldogue o secretário propôs inda agorinha a mais singela emenda à constituição: mudar este terreiro de república em califado sagrando nosso Nero pai-de-santo vitalício[15].

Os senadores então procuram um amigo de longa data do presidente, também poeta, embora malogrado, nos versos e nos acordos, e ainda mais na vida conjugal, vale dizer, no leito — você verá o sentido inesperado do troca-troca nesta novela...

Pois bem: quem sabe o poeta bucólico não viveria seu momento Brutus, enobrecendo a conspiração? Na peça de William Shakespeare, o momento decisivo ocorre na primeira cena do II Ato. Brutus esclarece sua condição para unir-se ao movimento:

> Let us be sacrificers but not butchers, Caius.
> We all stand up against the spirit of Caesar,
> And in the spirit of men there is no blood[16].

Se sacrificadores, cada senador apenas golpeará César uma única vez, pois o que está em jogo é a defesa da República; daí a necessidade do sacrifício de quem a ameaça. E como será apenas um golpe de cada

---

[15] Ver, neste livro, p. 32.
[16] "Sacrífices, não carniceiros, Caio. / Lutamos contra o espírito de César, / e no esprito dos homens não há sangue." (Tradução de Érico Nogueira).

senador, não se saberá ao certo qual será o fatal. Assassinato coletivo, como nas religiões arcaicas. Pelo contrário, se açougueiros, os senadores serão dominados pelo ressentimento e as sucessivas punhaladas despedaçarão o corpo de César, por certo, mas, sobretudo, desautorizarão o caráter ritual do gesto. Afinal, *no espírito dos homens não há sangue*, e os conspiradores *levantaram-se contra o espírito de César*.

A distinção entre *sacrificadores* e *açougueiros* supõe uma elevação de sentimentos e de propósitos indissociável da tragédia shakespeariana. No caso de *Contra um Bicho da Terra tão Pequeno*, excluída a interrogação de sabor metafísico, a farsa contamina a trama a tal ponto que um de seus personagens é um açougueiro! Movido, aliás, por impulsos os mais vulgares. Não preciso acrescentar que sacrificador algum se encontra na trama.

Ilumina-se, então, o anacronismo deliberado (mais uma vez!) da localização árcade de parte do enredo; agravado, o anacronismo, pela mescla de estilos. O poeta malogrado assim se expressa:

— Árcades, meus chapas, e tu, senador, não sei por que vieram aqui no meu muquifo, se vocês, todos vocês, moram muitíssimo melhor que eu [...][17].

Pois é... Bodes expiatórios também emolduram conjuras impossíveis — sejam elas barrocas, árcades ou modernas.

---

[17] Ver, neste livro, p. 33.

E mais não digo.

Hora de passar à leitura desta novela.

Contudo, não se esqueça:

O resto é falsificação deliberada ou reprodução inconsciente[18].

---

[18] Érico Nogueira. "Posfácio do Autor". *O Livro de Scardanelli*, *op. cit.*, p. 99.

Intenções à guisa de prólogo

> "A história está próxima dos poetas;
> é mais ou menos um poema dissoluto."
> Quintiliano

A Primeira

E só resmungam, salivam, latem,
e a nota que põem na partitura
é o focinho feito dó — mais nada —
e algum perfume.

Lastimam a careca, as pelancas,
ou penteado e bíceps pavoneiam
— não importa; importa-lhes o estômago e o
cotovelo.

Senhor, vê bem: lembrar "É vaidade",
"Do pó para o pó", "Ranger de dentes",
se antantanho funcionou, é tarde
(é patente)

agora aqui, que o barulho é tanto
que *santo* e *tonto* é igual. Eu queria
explorar o extremo de algum fosso
ou cimo

e ver se esquecia cães e Cão;
eu queria compreender — escuta,
pois, meu uivo, pô, e me perdoa
alguma pulga.

A Segunda

"De galo um gogó, ô bípede implume, igual
ao teu vibra assim só porque os urubus
tão molemente em tanta elipse
voam sem pressa do teu repasto:

gostava de ver como ficava a crista
se a peste adornasse esse carão simplório
que você tem e se, esgoelado,
nunca ninguém te escutasse; e então?"

— Que posso dizer? Tal como é, no entanto,
a pouca razão disso de modular
a voz, o pensamento, o gesto
numa frequência tão frágil está

na altura, no tom sintonizado às vezes:
patente acaso ou dádiva escura. Preto
no branco, tanto faz, colega,
desde que a tua garganta tumba,

o crânio cupim, cobras os teus artelhos
não virem jamais. Quanto à verdade crua,
um braço ampare a minha queda
quando eu cair no alçapão — mais nada.

A Terceira

Por que tanto arabesco e curva
de fardão rococó, quando é um papinho reto,
sem camisa e descalço, agora
o que o tempo demanda, eu não atino. Quando

de cá em baixo até em cima lá
o caminho mais curto é linha reta sempre,
por que tal ziguezague e pulo
de pulguinha operosa — olha, não sei. Só sei

que, se ajoelho e escancaro o armário,
naftalina evapora, infelizmente; mas,
se tateio a textura e sonho
de um luís quinze as vincadíssimas frestas, mostro

— não: sugiro o que terá sido
e (senhor papelão) toco no que é — em mim.
Poucos notam, contudo: sigo
perlustrando esta quina, este detalhe, até

inscrever o meu nome arbóreo
em gaveta secreta. Eis o que faço, Deus,
sem querer botar banca, juro.
Verifica se conta, ou se desconta. Amém.

Que não se arme, & se indigne o Ceo sereno,
Contra hum bicho da terra tam pequeno.

Luís Vaz de Camões

CAPÍTULO I

*No qual se informa como, onde e por que o poeta
bucólico se uniu aos conjurados*

A última portaria baixada pelo Conselho dispunha sobre a composição e circulação de escritos inéditos em verso ou em prosa, dividindo-se a composição em assunto e estilo apropriados à reforma da república, e a circulação em escrutínio preliminar e eventual concessão do imprimátur aos então e só então devida e oficialmente legais — foi num dia de merda daquela merda de ano que tocaram a campainha e lhe entregaram em mãos o idoneíssimo parecer da comissão escrutinadora:

> A Comissão Escrutinadora de Obras Literárias Inéditas, no uso de suas atribuições abscessionais, após longa e minuciosa deliberação sobre o pedido de vossa senhoria, houve por bem negá-lo, e, pois, veta a publicação de *** pelas causas que seguem. Primeira, a incongruência entre a matéria do livro e os bons princípios da paz, ordem e segurança públicas, que não reconhecem o regicídio ou afins entre os temas civicamente edificantes e politicamente recomendáveis; segunda, a afetada e arquidecadente

obsolescência da dicção, que funde o circunlóquio, o turpilóquio e uns jargões esotéricos numa liga paupérrima sem valor de uso ou de troca.

"Blá-blá-blá, isso e aquilo etcétera" — ele acabou de ler e foi presa de múltiplos males, de patente piscação de olhos a latentíssimas hemorroidas, e voltou em memória ao jornaleco de quinta e à mesa confim da do futuro presidente, cujas maneiras reviu. É: vivendo de adulação; concordando de frente e contrariando de costas; fazendo, porra, o diabo e convencendo o céu — não espantava que um cara liso daquele, "Aposto que agente duplo", com sebo de mais e carácter de menos, tivesse ido tão longe, e subido à altura onde subiu: meu, pra carácter quem é que liga? Não, não era possível, foram separação, insônia e mau-hálito pra polir sua perolazinha, e lá isso agora? Por que teimavam em pôr o dedo nisso, dali a pouco ia ter lei regulando saúde bucal, a gentalha ia ver — mas boca, enfim, é boca, é básico; agora: poesia? Vão pra puta que os pariu, vão.

... até versos o puto comete — pode? —, lógico que miudamente expurgados do que possa ferir as susceptibilidades influentes, claro que aqui salpicados de altruísmo de bulevar, ali de lágrima postiça, novilíngua acolá e o escambau — tudo o que é bonitinho e de bom-tom que existe no mundo. Mas, além de fazer, quer também regular. E, além de regular, — *libera nos, Domine.*

Campainha de novo.

— O senhor está sabendo, não está? —

Foi disparando o primeiro da meia dúzia que entrou, tudo sócios da Nova Arcádia Ultramarina.

— Eu...

— Pois é: após esse ato discricionário, esse crime de lesa-pátria, essa derrama das consciências proposta pelo Conselho... —

— Apoiado!

Os cinco outros não se continham. O que discursava de queixo empinado orquestrou "Calma, calma" com ambas as mãos e seguiu:

— Como ia dizendo, ante eventos dessa gravidade não nos resta outro rumo a tomar que... —

— Abaixo o Conselho!

— Morte ao tirano!

Ele não estava entendendo lhufas: neneca de catibiriba. Os consócios maquinam conjuração, convocam massa e nata pra montar e cozer o bolo? Jesus; "Quem não matava o presidente, quem, quem?"; — só que discutirem isso ali na sua oca, varanda ampla a portão aberto, pô, vão tomar no cu. Ele sim, e como, e quanto, tinha pano pra inveja do cara, mais rico, mais bonito, cheinho de galardões por uns versos frouxos, rei e santo entre o populacho — e ele lá, inadimplente, balofo, injustiçado e, pra arrematar, não pra rir, tecnicamente corno. E tem mais: a turminha de robespierres tá toda mamando na teta, um na secretaria disso, outro no fórum daquilo e assim por diante amém; o que palestra é — palmas — senador; donde se conclui que eles têm coisa a perder e ele a perder não tem coisa nenhuma;

que ele tampouco tem coisa a ganhar e a ganhar eles têm muita coisa. Perdido por perdido, truco?

— Então, o que me diz?

O senador pressionou. O outro tava viajando, claro, e a pressão lhe valeu a passagem de volta.

— Eu...

— Sabíamos poder contar com o senhor.

Deram vivas. Quando um puxou o hino da independência ele interrompeu:

— Peraí. Que todo o calão seja elogio se aplicado ao nego, vá lá; mas da língua ao facto e dele ao direito não tem ponte aí não, ô cambada, é no pulo e na marra e na mão grande — ou, em bom juridiquês, formação de quadrilha e homicídio doloso, com todas as agravantes imagináveis.

— Tá dando pra trás?

— Cagão.

— Tava na cara.

— Eu avisei.

— Xi, traidor...

— Silêncio! —

O do senado exigiu.

— Com esse zunzum de zona, acho que o anfitrião aqui não deve ter ouvido bem o que dissemos: o tal Nero do Conselho tanto fez, confrade, que o seu buldogue o secretário propôs inda agorinha a mais singela emenda à constituição: mudar este terreiro de república em califado sagrando nosso Nero pai-de-santo vitalício.

Ele de facto não tinha ouvido — ou ouviu na verdade o que quis, que os outros se indignavam com a portaria das obras inéditas, e se revoltavam por ele, anacoreta, mártir, já bastante bem informados nos bastidores da coisa pública do caso escandalosíssimo de sua vetada publicação.

Engano, leve engano. Suspirou e expeliu:

— Árcades, meus chapas, e tu, senador, não sei por que vieram aqui no meu muquifo, se vocês, todos vocês, moram muitíssimo melhor que eu — onde, portanto, fosse a casa de quem fosse, estaríamos mais bem acomodados, pra dizer o mínimo, quando não isolados do ouvido das paredes. Enfim. Se estão aqui, é por algum motivo, que suponho seja ou bem pra atenuante — "Não foi na minha casa" — se o lance for descoberto, ou bem porque precisam de um trouxa pra fazer de boi de piranha. Não importa. O facto é que entre mim tenho lá umas razõezinhas, coisa minha que não interessa a ninguém, que me revolvem e atiçam as tripas pra aceitar, vá, tomar parte na conjura. Pois se eu não fosse importante pro sucesso da ópera cês não tavam aí, fingindo-se de prima-donas mas na verdade implorando pra eu entrar no elenco.

Os outros se olharam — e lá um endossou pra aproveitar o clima. A lenha daí pegou fogo, e foi a insurreição, macacada.

Alvoroço.

Dali a pouquinho, respirando e expirando, foram ficando mais calmos. Era preciso pôr mãos à obra, e nada melhor pra começar do que achar um símbolo: sem que "Caneta contra Canhão" ou qualquer divisa importuna lhes ocorresse então no momento, fixaram-se em "Inteligência contra Ignorância" e o senhor brasão que a iconizava — mas, a bem da exatidão, é preciso informar que houve quem propusesse "Verdade contra Mentira", ah sim, concorrente forte o bastante para instaurar um litígio: o qual finalmente razões prudentíssimas decidiram a favor da primeira, já que esse negócio de verdade, vamos e venhamos, é duro e fechado demais, não admitindo as acomodações e meios-termos de praxe e flertando sempre com algum ismo execrável; verdade não, portanto, e uma divisa aberta, flexível, com que todos se identificassem ou pudessem identificar-se, era a chave de ouro de um êxito certo: afinal, quem não se julga inteligente?

De posse, pois, de lema e bandeira, estavam mais confiantes pra dar o outro passo: engenhar a estratégia; tinha que ser um golpe só, preciso, certeiro, mortal, pois cavalo arreado só passa uma vez; se é que passa — alguém de dentro, precisavam de alguém de dentro, ou, se não, pelo menos com acesso, lá, ao palácio, mas de preferência os dois: um de dentro e um de fora. O primeiro todos estiveram de acordo fosse beltrano-fulano-de-tal, parente do senador e seu homem de confiança. Quanto ao segundo — ora, quem ali tinha mais assunto pra tratar com o presidente, que de resto conhecia há anos e com quem já trabalhara até — "Foi num jornal?" —, senão o corajoso dono da casa, poeta cujo talento honrava a Nova Arcádia Ultramarina e cujo patriotismo agora honraria a república?

Todos se voltaram pra ele com olhar de cachorro pidão. Era verdade, tá: ele conhecia sim o Nero tropical e tinha sim com ele umas pendências pra resolver — coisa particular, de foro íntimo; do que, porém, não se seguia tivesse nem chance ou coragem de lhe cortar a garganta, estourar os miolos ou mais civilizadamente envenenar. Nunca vira revólver na vida — nunca — e faca afiada, pra ele, era pra fatiar churrasco. E então? Dissolver o Conselho sob o aplauso do zé-povinho e enxotar os conselheiros pra estranja não servia, — não bastava?

— O senhor disse "zé-povinho"?

— Disse, sim senhor.

— Pois então acho que esqueceu que desse mato não sai coelho.

Nisso as opiniões se dividiram, e houve um segundo impasse; uns estavam absolutamente certos de que o povão os apoiaria, oprimido que andava por um estado-mamute; outros opunham considerações tanto mais certas — o polvoesco sistema de benefícios que literalmente comprava a simpatia dos beneficiários, a inércia, a icterícia, a indiferença endêmica. Questão espinhosa e quiçá metafísica, como se vê, que por isso mesmo foi posta de lado e pautou a seguinte resolução: quer a favor quer contra, com povo não se conta. "Com o perdão da rima pobre, poeta".

Assim, a adesão da bugrada pairando em suspenso — que podia ser mas podia não ser —, a urgência de algo infalível não falhou, e jogou a batata na mão dele; batata crua, decerto, que ele ia ter de descascar, temperar e assar bem; logo ele, um desastre na cozinha.

Ficou acertado que o sicraninho de dentro cuidaria de tudo, abrindo portas e desativando câmeras em intervalos helveticamente determinados, pra que o outro estivesse a tal hora na sala de chá — nessa hora sem falta —, onde o presidente ficava sozinho.

— Mas e o dia?

("Ora, o dia... Que pergunta."):

— Amanhã — não —, eh, depois de amanhã na festa da independência, quando mais?; é então que ao passar da fanfarra e zunir dos rojões o Conselho sanciona de camarote a emenda aprovada pelos senadores.

— E vai ser aprovada mesmo, é?

Ai tolinho.

— A hora é grave, poeta; das que pedem sacrifício; das que exigem abnegação. Vou apertar ou desfazer o nó entalado na garganta? O que vocês acham, árcades? Não, não serei eu a calar essa voz — eu não poderia; logo, entregue ao salvamento da nação anulo meus instintos mais básicos, engulo a aversão e, contrariando a consciência, ajo conscientemente a seu favor: pois se dói, e dói muito, ser chefe da oposição e acompanhar o governo na aprovação da emenda, é só assim que não levantaremos suspeita nenhuma, que, sacrificando a rainha, abriremos um flanco — e lá se encurrala o rei.

A alegoria enxadrística funcionou, e o senador foi ovacionado: todos contentes, todos convencidos. Os conjurados ainda discutiriam detalhes menores, dirimiriam dúvidas, repassariam atribuições — coisas que tais; mas o grosso grosso mesmo estava firme sobre o tripé senador-espião-poeta. Que, sem ânimo nem desânimo, aguardou o fim dos trabalhos, deu tchau ("Até que enfim") e foi dormir.

Capítulo II

Da memorável entrevista do presidente

A mole de concreto e vidro era fria no inverno, quente no verão — e feia, sobretudo feia. Chamar-lhe "palácio" era piada, evidentemente, mas a graça (e a desgraça) estava nisto: é o palácio. Se simpatizavam com ele de fora — "Até que não mau" —, um bicho logo os mordia por dentro, e os ex-simpatizantes experimentavam o desprazer de imaginar a horda de servidores desnecessários ou a necessária climatização do ambiente ali naquele prédio, para desperdício do erário e nacional desolação. O que é de todos não é mesmo de ninguém.

Atrás do prédio tinha um gramadão que dava num resto de mata nativa e muito ornado de canteiros, arbustos, lagoas com chafariz. Minifilhotes da construção principal posavam de esculturas: o paisagista era filho do arquiteto? Puf, fosse o que fosse, era outra a prosápia que ruminava a pastar naquele seu canto, aquele filho *dela* era insuportável, era babá, enfermeira, motorista, segurança o dia todo à disposição, de casa pra escola daí pra fono-, psico-, o-caralho-terapia — e à noite invariavelmente choro e pesadelozinho; e a noite dele com ela invariavelmente em branco.

— Vossa excelência gostaria de um café?

("Eta mordomo chato; — paz, eu gostaria de paz.")

— Um campári. Muito —

— Gelo, no copo longo, e com suco de laranja, não?

— É.

Por que o outro ainda perguntava — por quê? —, se ele nunca aceitava o café mas tomava o campári sempre, era daquelas questões sem resposta, como a eficácia da macumba, a força dos amuletos e a influência do ciclo lunar no humor do sexo frágil.

— A senhora primeira-dama acabou de ligar, excelência. Manda avisar que o delfim está com febre, e que cancelou o jantar de hoje.

"Delfim": tinha hora que a novilíngua o insultava e ele se sentia o doutor Frankenstein, trucidado pela criatura. O jantar que se exploda, no fundo — o moleque era dele ou do outro, ã? Era de quem? Seu espermograma de primeiras bodas foi pouco promissor; poder, podia fazer um filho, mas era improvável; aí comprou o médico e culpou a então mulher, encetou caso com outra então casada, que engravidou — "Eu realmente não sei de quem é: se dele, se teu" — e o fez triste e feliz: vai que não era dele, mas vai que era. E, como presidência é afim com esposa e prole, e ele o candidato favorito, divorciou-se, recasou-se e deu o duvidoso por certo, eleito sem teste de paternidade; e como tal continua.

— Tá: obrigado.

("Por que ele ainda tá aí? Chispa, corre.")
...
— Só isso, senhor?
— Não, tem mais uma coisinha.
— Pois não.
— Não me incomode mais, por favor. E mande a camareira me trazer o campári.
— Sim, senhor. Eh —
— Tchau.

Virou as costas erguendo o braço direito e fazendo sinal que se escafedesse. Ufa. Perdeu as pupilas no matagal.

... abafara o caso e virara o jogo, ele era o cara, porém sabia (se sabia...) de si pra si: as manchetes bateram "Casamento irregular: nova 'esposa' de candidato à presidência ainda está legalmente casada com poeta da Nova Arcádia Ultramarina" e ele rebateu falsificando assinatura e vindo a público com a cara da indignação; o que rendeu muito voto, isso lá rendeu, mas esquentar certidão fria que é bom ou esclarecer filiação nebulosa, isso nada. Como é que pode — alguém diz? —, iam fazê-lo pai da nação mas de um moleque não podiam.

Argh, o secretário e três mulas.
— É o presidente?
— Achei que fosse mais alto.
— Que olhar esquisito...

Elas cochichavam assim. O bassê se acercou pra lamber o dono abanando arcaicos pronomes de tratamento e foi recebido com um safanão: que porra era aquela? Ah, é, oh, hum — maquiador, fotógrafo e jornalista de matéria já paga àquela revista alemã, aquela, sim, i-li-ba-da, onde a objetividade germânica esmiuçaria cientificamente o caso raro e talvez inédito de um chefe de estado poeta.

"Não, inédito não é. Teve aquele, aqueloutro..."

Tá, tudo bem, não precisavam ater-se a bagatelas, mas, inédito ou não, raro ao menos seria, que dúvida?, tanto mais que não era poeta bissexto, tipo chuva no Atacama, senão máquina de versos e vulcão em erupção ("Grande imagem..."), a disparar teoremas flamejantes, piroclásticos axiomas, fórmulas incandescentes sempre que o país precisava de luz e de calor.

"Por que tanta pirotecnia, secretário?"

Não, quê isso, era a verdade sem perfume nem batom nem véu, gostassem ou não, cujo dossiê completo aliás ele mesmo enviara à direção da revista pra ajudar na elaboração das perguntas.

"Tá, tá."

— Vamos começar, pessoal?

— Temos que aproveitar a luz pra fazer as fotos.

— Antes a cor do rostinho.

Como não?: César não pode ser César se o não parecer, *c'est la vie*, donde sempre o primeiro é uma cor no rostinho — um pouco colorido demais, traços carregados demais, a mão do maquiador era pesada: pareceu um palhaço.

— Ei!

Clique.

— Olha agora direto pra câmera.

Clique, clique.

— Isso... Pra aquela escultura agora — é escultura? —, vai.

Clique, clique, clique.

("Quando é que entrei nisso — e atolei nesse poço de merda, meu Deus?")

...

— Pois bem, senhor presidente, comece, ã, digamos, com quando entrou na política — não-não: e a poesia, quando começou?

— Olha...

O outro era o copidesque, ele o encarregado dos furos e diz-que-diz-que, e uma vez quando esse outro babava, capotado, em cima da pilha de textos a revisar, ele abriu-lhe as gavetas e achou alguns versos, e aquilo, aquilo, — como aquilo calou.

— ... desde sempre eu escrevo, sabe? É destino, dever, sacerdócio — sobretudo porque pra mim poesia *é* política.

— ?

Tão distinto do dele, tão circunspecto e operoso, sem língua-de-sogra, purpurina nem confete, aquele jeitão de escrever abalou, remexeu, oprimiu seu jeitinho, e foi aí que trocou a fantasia e, de poeta galante, passou a engajado. Donde mais holofotes, dormir jornalista e acordar vereador.

— Veja, rapaz, não sei se na Alemanha já foi assim, mas hoje nesta república o que há é um formigueiro de gente sem voz, e meia dúzia de cigarras cantantes, pra quem as formigas trabalham. Sendo formiga canora ou cigarra operária, sei lá, — decidam aí — nunca, jamais eu me conformei com essa má divisão, e, exercendo cargo eletivo ou compondo e publicando poesia, o que sempre tentei foi dar perna a perneta, mão a maneta, — cê já entendeu. E por aí cê já vê como poesia e política, ou vice-versa, têm igual natureza e objetivo pra mim: informar, reformar meus iguais. Quero tudo melhor e mais justo.

A conversa seguiu meio chocha, ao quase do protocolo, té que ele avistou o campári naquela bandeja de prata do tempo do, do — dos bons tempos —, e só de vê-lo se reanimou.

Tomou o primeiro gole.

— Ah! — você sabe quem inventou o campári, menino?

— Não sei, não senhor.

— É; nem eu. — Mas, quem quer que tenha sido, trata-se de um visionário, de alguém muito acima, de um, hum...

— Gênio?

— Isso, um gênio, um prodígio da humana estirpe.

O segundo foi largo, e quase esvaziou o cristal da Boêmia.

— Pois bem, veja só: isto é ambrosia, um néctar, Cupido — o amor — engarrafado. Primeiro de tudo, que cor tem amor, vai, diga lá?

— A quem ama o feio...

— Não seja chulé, rapazinho, esse negócio de "Cada qual é um tal" é mania de rastaquera. Vamos lá: de novo. E seja absolutamente honesto, hem? — saca Sócrates? —, porque, se sem isso até papo de bar vira várzea, como fica um diálogo sério como este aqui? Então: amor tem que cor?

— Vermelho?
— Bingo!
— E...?
— Calma, a graça de tudo não está só na ideia, ah não, crua e sem tempero, mas no jeito de prepará-la e depois de servi-la. De maneira que, se minha demonstração ou, melhor, panegírico quiser fazer jus ao assunto que abordo — o divino campári —, estarei obrigado a reproduzir, nas minhas sentenças, toda aquela delicadeza, sofisticação, requinte e genialidade que creio encontrar neste copo.

(Cujo líquido aí já sumira.)

— Me desculpe, excelência, é que eu —
— Nunca tomou campári nem teve uma conversa dessas com alguém em minha posição.
— ...
— Eu sei, eu sei: isso eu já imaginava... — Contudo, isso mesmo nos leva à segunda lição, a uma bem mais subtil semelhança entre amor e campári, que, veja só, você mesmo, não eu, vai dizer qual seria.
— Mas eu —
— Paciência, moçoilo; escuta e responde — tá? Este bíter aqui: é bebida do vulgo, da plebe, ou é soma de sumos restrita a uns excêntricos?

— Bota excêntrico nisso...

— E, entre todas as profissões deste mundo — repórter, puta, terrorista —, qual te parece a excentricidade suprema, sem quê nem porquê, desde que o barro é barro?

— A... poesia?

— Cujo tema por excelência é...?

— O amor?

— Que garoto inteligente! Sendo assim — olha só —, você mesmo enxergou um liame complexo, engenhoso, entre o licor e Cupido, ao ligar o primeiro à poesia, e esta ao segundo, mediante a excentricidade.

— É estupefaciente.

— Ô se é; e tem mais: o amor não correspondido, o amor fracassado, o amor trágico e catastrófico, que começa bem e termina mal, poderia ser comparado — não-não: poderia ser descrito, em termos de paladar, como doce no início e amargo no fim?

— É, poderia.

— Donde se conclui, finalmente, para universal admiração, que o campári é o amor em garrafa, uma vez que, primeiro, é vermelho de amor; segundo, é seleto, e distingue os escóis da ralé como amor aos poetas distingue; e, terceiro e por último, bem como amor, é doce na ponta da língua — o começo —, e no fundo já perto da goela é amargo — o final. Que me diz?

— Um Demóstenes, um Cícero, um Bossuet lhe invejara a eloquência, senhor.

— Obrigado... — Mas diga: onde ouviu esses nomes? Cê menciona porém não conhece, suponho...

O secretário estufou o peito e sorriu, querendo dizer "No dossiê" sem nada ter que dizer.

— ... entendi.

— A gente faz o que pode.

— Ai, *brutti tempi*.

— O que disse?

— Nada, nada.

Bocejos.

Um leve embaraço no ar.

O outro percebe e arremata:

— Enfim: vejo que está cansado, e imagino o muito que tem a fazer inda hoje — então, pra acabar, gostaria de saber o que pensa *daquele* projeto do senhor secretário aqui presente, que lhe outorga poderes plenos e vitalícios, mais o título controverso de "o pai da nação".

Sorriu, desta feita, amarelo, e logo surgido do nada um golias de preto puxava a cadeira do outro — "Licença" —, que quase caiu. Ao redor já eram vários golias, um mexendo na câmera do fotógrafo, outro revistando o maquiador, e o tal da cadeira lhe dando um tapinha nas costas ("Ai!").

— Agradeça ao seu chefe por mim, ó mocinho. Diga que foi um prazer conceder a entrevista.

— O senhor me acompanha?

Aquiesceu: o argumento era forte. Ainda assim quis falar, fazer derradeiro reparo ao presidente que se recolhia, mas a pata do leão lhe tapou a boca, e ele foi de gravata até o portão; que saída galante. Onde:

— Tchau, volte sempre.

("Gorila: pra que violência?")

Já lá no palácio:

— O senhor nunca mais me arrume uma dessas, cretino.

— Mas —

— Capacho idiota.

— Desculpe, excelência... — Ah: veja aqui a maleta que acaba de vir de Milão.

Tava cheia de grana, e um bilhete: "Do amigo *Campari*".

— Italiano, italiano: onde é que cê achava um garoto-propaganda que nem eu, ã, — me diz?

— Nenhures, senhor — ah, não achava.

— Eu sei muito bem, imbecil: foi uma pergunta retórica; e, aliás, eu não pedi sua opinião.

— ...

— De modo que esse milhão inda é pouco, não paga os achados, o estilo, a agudeza e o efeito sem par do meu elogio ao vermute.

Silêncio.

Minutos depois:

— O senhor gosta mesmo, excelência?

— Do quê?

— De campári...?

— Ói, você é um jumento; — o que acha?

— A julgar pelo litro diário, eu —

— Errado — erradíssimo. A resposta é: que importa? E lá gosto pessoal tem que ver com negócio, ô estultícia? Esse romantismo burguês, a ideia de que tudo o que cê fale ou pratique deita raiz em quem cê é, em tuas mais fundas inclinações, é uma ideia, olha, asnal, de menininha e de bicha, e você, ah você...

— Com o devido respeito, eu sou hétero.

— Tá bom: conta outra.

Ficaram assim no ataque contra defesa, até que o atacante cansou. O zagueiro tornou-se juiz e acabou com a partida na hora, fazendo, pra tanto, menção a uma conversa recente com o chefe da oposição, em que este pedira só dois ministérios para votar com o governo. Filhos da puta. Filhos da puta mas burros, no fim: pois, depois, diplomado califa, fechava o senado, exilava — e, aos mais saidinhos, a forca. Esperem e verão.

Capítulo III

De como a primeira-dama inaugurou um orfanato, com outros sucessos dignos de menção

Preferia morar na granja ("O palácio é um horror!"), em regra a segunda mas pra ela a primeira e só residência presidencial, pois sofria das regras. O marido bufava; o filho gania; o chofer resmungava; — nem tchum: ela etérea, inatingível. Afinal não era ela três horas por dia no carro pra ir e voltar da cidade, com trânsito bom.

Dormindo, não viu o marido chegar e acordou, como sempre, depois que saiu, com uma a correr-lhe as cortinas do quarto e outra a estender-lhe o café.

Refugou nauseada:

— Jesus, que horas são? ("Eu preciso de ar...") Cof-cof-cof — abra bem a janela, pois sim?

— Sim, senhora.

— Madame: oito e meia.

"Ai, aquela cadela" nem bem malpensou, a cadela na porta:

— Bom dia, nhanhã — já são horas! Às nove é tai chi, banho às onze (depois da massagem), almoço bem leve e um tratinho zás-trás no cabelo — uma e meia — pra estar deslumbrante na inauguração; mãos à obra?

Claro que não sabia o que iam inaugurar, mas poupou a energia de fazer a pergunta — este era dos dias em que as desculpas não funcionariam, em que teria porque teria de sair, sofrer e sorrir, e, lembrando de muco, passar com elegância o foagrá na torrada sob o mais dos olhares da ocasião.

"Secretárias... — são todas, bah!, chatas, entronas, magríssimas" falando entre si, levantou-se, pedindo uns minutos de paz a fim de munir-se pra guerra. Ah sim, agora sim, solidão. — Ô-ô: nem bem caiu em si, sentiu a salada de frutas da noite anterior comportar-se, digamos, que nem feijoada. Que era aquela inchação na barriga, que nojo? Ventre. Pra não variar prisãozinha de ventre. Que bom que há janelas abertas.

E asseio, exercício, massagem, duchinha — e agrião sem tempero com insipidíssima carne de soja — foi tudo num estalo, e, no carro blindado em que não se podia ligar o ar por causa da sua rinite ("Biscate..."):

— Alô; agora não posso falar — cê me liga depois?

— Se atendeu é porque pode.

— Mas... — bem: o que quer?

— O que quero? Saber como a senhora está, o que mais? Ando mui preocupado com a sua saúde.

— Engraçadinho...

— Isso aí são seus olhos — ou, antes, ouvidos, não é?, rerrerê; eu mesmo não tenho graça nenhuma...

— ...

— ... enfim; só te liguei pra mandar um beijo — e pra ver, eh, só pra sondar se tá tudo de pé.

— Hum: que eu me recorde, senhor atrevido, jamais — é: jamais — eu te dei essa intimidade, e de beijo, ih, de beijo eu só quero distância... — Isso sem mencionar que não sei exatamente do que o senhor está falando aí, mas sei bem, isto sim, que há conversas que não se levam por telefone.

— Ê, dissimulação feminina.

— Oh, masculina afobação.

— Quem aqui é afobado? —

— Madame?

Era choro, era berro — com cinco ou seis anos, embora, o menino esgoelava-se feito um recém-nascido, e não tinha neurologista nem astrólogo que conseguisse explicar o porquê.

"O menino é... *normal.*"

— A babá tá chamando: tchauzinho. Se quiser me encontrar, inauguro um orfanato hoje à tarde, eu mesma acabo de saber, e depois — coquetel. Cê já tem o nome na lista?

— Com toda a certeza, teteia.

— Então tchau.

Desligou antes que o outro se despedisse, e pegou a criatura nos braços. A cara aparvalhada, o nariz escorrendo — como ela aguentava? Aquilo eram estigmas, lembretes contínuos de grave (e gozada) dislalia e de uma saúde de aidético, Deus a perdoasse, mas — o que é que ele tinha, no duro?

— Te amo, filho, tem calma. Deixa a mamãe te assoar.

O etê ronronou um negócio enrolado, e a mãe, como sempre, sentiu-se envergonhadíssima diante de babá, secretária e chofer, que em verdade pouco se lixavam pra aquilo.

— Ã? Repete, amoreco, a mamãe não entendeu.

Repetiu; ela continuou sem entender o que até os empregados já tinham entendido, mas não ousavam lhe dizer. Quando cobriu os olhos com as mãos e chorou, não de dó, mas de raiva, a entendida babá aproveitou e deu água ao menino.

Ah, o silêncio.

... via nele a si mesma de fotos-mirins, ô se via — mas teria uns dois anos, três anos, não seis como ele. Agora: essa pinta, essa unha... — Por que tinha largado a carreira? Tinha estudado tanto; trabalhado tanto; o tanto que gostava de ser ornitóloga; por que, enfim, se casou, descasou, recasou?

Mijou-se e molhou seu vestido

— Mas que filho da puta.

— Senhora!

— Olha, a puta, no caso, sou eu, tá?

— ...

— A sorte dele é que nunca, eu já tô escolada, não saio de casa sem um vestido-reserva.

— Já vou ligar no salão e avisar que a senhora vai precisar se trocar.

— Secretária é pra isso, meu bem: liga rápido.

Ligou. Nisso o berreiro tinha recomeçado, mas pouco o tiveram de aturar, no final — deixaram loguinho a ama e o moleque nalguma terapia da vida e vazaram pra estética. Enfim, o seu hábitat: salão exclusivo com cabeleireira-psicóloga, champanhe e gogobói, mais a pura da Bolívia, a depender das circunstâncias.

— Olha, hoje é circunstância, viu?

— Antevimos, senhora.

— Obrigada. É por isso que eu gosto deste lugar.

Ao que a magra baixinho:

— Desculpe, senhora, quem sou eu para lhe dizer o que vou dizer, mas o senhor seu marido "recomendou", ele tem um jeito, que eu ralasse e fizesse e conseguisse, enfim, é isso o que importa, que a senhora, eh, só por hoje, hoje é um dia especial, politicamente falando, — que a senhora feche o nariz pra certas *cositas*; pronto, falei.

— O que sabe você do jeito do meu marido, putinha?

— Eu...

— Você acha que é só você? Por que todas as mulheres da roda — alô: todas — pensa você são assim, tipo modelinho, ã?

— Mas —

— Não seja sonsa... — Cê me tinha por ingênua? Ah, ao contrário de você e da maioria, aliás, sei tudo o que há pra saber do jeito do meu marido, eu já fui a secretária, se liga, só que eu... eu não tô pra brincadeira. Tanto que engravidei, não é formidável?, minha vida tá

Capítulo III

simplesmente ganha — mas a tua com essa cabeça de cinderela esperando o príncipe é que não vai decolar, o teu voo é galiforme, meu bem, o que não deixa de ser adequado à galinhinha que você é.

— Me sinto acabada; moída; — tô morrendo de vergonha, senhora.

— Além do quê, escuta e aprende com quem manja, ó biduzona, depois do meu filho, daquelas coisinhas especiais que ninguém sabe o que é, chorei, briguei e o infernizei tanto que ele — babau, operou.

— Como assim?

— Vasectomia, conhece?

— Ai, não acredito...

— Pois é: acredite.

— Eu sou mesmo muito burra.

— Nisso estamos de acordo, cê vê?

Uma estática, embasbacada, a outra "Do meu nariz cuido eu" cafungou quanto quis, e tanto e tão fluentemente falou que acabou persuadindo a incumbida de dissuadi-la, que se uniu ao forfé.

Nevasca no salão.

...

Foi trocada, escovada e travada que chegou ao seu compromisso — o que é mesmo?; ai, não podia esquecer, "orfanato" nunca, "orfanato" está terminantemente proibido nesta situação, mas "abrigo" é adequado, "casa de acolhimento" ou "centro maternal", qualquer deles serve, "orfanato" jamais, que problema dizer "orfanato".

Graças ao maxilar endurecido, a cocaína sempre a salvava, parecia estar sorridente, dentes alvíssimos à mostra, o que já bastava para prevenir mexericos e evitar maiores aporrinhações. Correu a inauguração como as inaugurações costumam correr, isto é, lenta e insuportavelmente. O secretário caceteou; abusou a futura diretora; o prefeito levou a chatice ao paroxismo; e até o chefe da oposição quis tirar uma casquinha, Jesus, fazendo de cereja do bolo: total, três horas de verborreia, uma forma de -reia invariavelmente pior que a dia- ou a gono-.

Finalmente a intimaram a cortar a fita e dar aquilo por oficialmente inaugurado. Umas palavras também seriam bem-vindas, como não? — ela não entendia aquele vício em palavras, sobretudo quando adiposas e fátuas e vomitivas, e o explicou por uma perversão ingênita quiçá, uma lalomania masoquista entranhada na nossa espécie desde os papos-furados à roda do fogo, quando já na pré-história os menores deveram sofrer os maiores e juraram fazer sofrer com a mesma conversa infinita.

— Em nome do meu marido, o excelentíssimo senhor presidente do Conselho, é em carácter oficial que inauguro então este or-fa-na-to.

E cortou a fita.

— Viva o or-fa-na-to!

Que prazer o de causar um sorriso falso naquela gente, e fruir o aplaudido embaraço que ela mesma soltara no ar, como os gaviões do cerrado que capturava, media e fazia voar de novo — quanta alegria lhe davam —, no tempo em que tinha tempo.

Aí o coquetel começou, não era isso engraçado?, acabou-se a chatice na hora e instantânea e espontânea raiou a liberdade, conquanto tardia; ê, clichês; a não ser pros garçons, foi alívio geral.

Costas inteiras pulando dos decotes, siliconados fugindo dos bustiês e polpinhas de bunda escapando das saias se misturavam a vários cortes de paletó, todos ou quase todos apertando sovacos suados: fazia calor. Decerto tinham ido buscar seu menino, o motorista deve ter lembrado, pelo menos ele — bem, se nem ele, a babá tinha dinheiro e era descolada, esperta, era só chamar um táxi, isto sem falar que ganhava bem mais do que merecia por um trabalho mixuruca que nem precisava de qualificação, era coisa, *et pour cause*, infantil, elementar, só dar comida e banho e afetar atençãozinha a um moleção já grande, fingir preocupação com um quase pré-adolescente, hoje cinco, seis anos é a bem dizer adolescência, no fundo eles já nascem adolescentes, toda aquela carência de afeto agravada pelos probleminhas — mas que probleminhas?; se nem nos Estados Unidos não diagnosticaram nada ele não tinha problema nenhum: ponto —, enfim, toda aquela carência e insegurança e necessidade que tinha da mãe era manha, era como a estratégia de um viciado, de um espertinho mal-acostumado que não podia passar sem afeto: o que não era bem coisa de homem, ah não era, o marido nem podia saber, ela o tinha de educar como homem e portanto *sonegar* o que ele queria, ops, regatear, impor regras, carinho é como chocolate.

— Que traquinagem, hem...?

Virou-se eriçada pra ver quem lhe soprara ao ouvido e murchou.

— Você? Mas que tédio... Pensei fosse alguém interessante.

— Cê fala da boca pra fora, lindinha. — Tá bom: interessante foi o teu "orfanato" assim na sequência da lei que o proíbe em documentos oficiais — lei do senhor seu marido, a propósito... Rarrarrá: cê vai ver, — vai ser hilariante, boneca — os jornais vão te adulterar na caruda, na tevê é o rostinho de longe e sem voz na hora do termo nefasto, e no mais é discurso indireto: eta nóis...

— Ai, que tédio — eu não disse?

— Eu sei que você tá cheia da política e, mais que cheia, estufada, enfastiada do maridão — ou dos maridões —, não é verdade? Ê laiá: ainda assim — pô, política é mamão com açúcar, uma maioria de idiotas buscando pêlo em ovo e só a mais rarefeita minoria que sabe, como você, com certeza, e como eu, que tudo se resume a uma troca de nomes, não é?, é tudo tão fácil: trocam-se os velhos por novos, os pesados por leves, os incômodos pelos reconfortantes, etcétera etcétera etcétera, e — *fiat lux*, o escuro se ilumina. Veja você o caso de "açougue".

Pra quem odiava mamão, amava o escuro e execrava as licenças poéticas, aquele papinho sobre a indústria da carne acossada por ongues e sociedades protetoras de animais por conta dos tautologicamente sangrentos métodos de abate e exorcizando a avantesma do prejuízo com uma jogada magistral, um verdadeiro poema pra Camões nenhum botar defeito — acabar com o "açougue" sujíssimo e fétido substituindo-o pela asséptica "vitrine de carnes" ou "loja de carnes" e até pela perfumadíssima "butique de carnes", esta última um achado realmente espantoso —, bem, pra alguém como ela esse papinho era intragável. Ela era cientista, estava inativa mas continuava cientista, criada na dieta magra da taxonomia animal e portanto alérgica a gorduras retóricas, poéticos açúcares e guloseimas afins — ciência em que o nome é inequívoco e certo, e não fica mudando ao capricho das circunstâncias: gênero *Coragyps, atratus* epíteto específico, espécie *Coragyps atratus*: designação imparcialmente neutra, sem toda aquela carga do popular "urubu". Açougue: butique — os publicitários faziam diferente?

Aquilo era só o proêmio, ela sabia, demorado porém proêmio, no fundo do fundo ninguém se expõe pra fazer teoria barata. Ao que finalmente:

— Indo à vaca fria — afinal não é bom que nos vejam papeando —, só queria ter mesmo certeza de que tá tudo acertado.

— Não estamos papeando: você monologa; — meu Deus, que preguiça! Perfeito...

Tá-tá, combinado, o outro podia fechar a matraca e ir embora na boa — "Vai logo..." —, que a sua palavra ela ia cumprir: hora tal, lugar tal, sem ser vista; deixasse com ela, o marido-cachorro não ia farejar.

— Uma última —

— Com licença, senhora.

— Pois não...

— O carro — e com ele o delfim — está pronto; às suas ordens, partimos.

— Agora.

Deixou-o a falar com as paredes, feliz como nunca de ser interrompida pela secretária, e de rever o filhão ("Cara chato!"). Um cigarro; a sauna de rodas parada no trânsito; tosse; um cansaço indecente e sua cama longíssima:

— Vida de merda.

Capítulo IV

Em que o poeta sonha, e uma pessoa morre

Engraçado: passa em frente, "Cruz credo", a um terreiro vazio, e do nada retumba o diafragma, o miocárdio é uma cuíca, e, olhando ao redor e não vendo ninguém, numa orelha e na outra "Nhô, vem!", "Vem, nhonhô!" — que caralho: esqueceu o remédio. Esqueceu?

À sinistra uma encruzilhada; xô, tocos de vela, bicos de galinha, pés, xô, bode morto, "Olha, vaza!", e ele um raio, mas a vespa zoando atrás dele, "Ai, entrou!", fura o tímpano, desce, tá agora na tal cavidade recôndita, ai, pica, repica, onde ele é mais ele e só ele, e propõe... um escambo?; ah, é isso?; olha, é muito *Sertão*, muito *Fausto*, isso é que é.

Insondável como seja o *mysterium iniquitatis*, um boi voa, ô zebu, sente que até um fracassado incorrigível se pode corrigir e obter o que bem entenda, "Boi pensa?", bastando, pra tanto, quebrar umas correntes e olhar pra si mesmo e pro mundo a olho cru: tudo acaso, agregado de moléculas estúpidas, "Boi fala?", comédia sem enredo, princípio nem fim e portanto sem bem nem mal, sem decálogo, sem proibições, "Boi tinhoso!". É friíssimo. É eloquente que dói.

Amanhã ou depois, quando eu for só carbono,
e no sonho dos meus, noite chuvosa, "Olá",
der tchauzinho e sorrir dentre a espessura ilógica
de um espelho quebrado, o Outro, o zebu que monta
nos meus rins e me impõe relho, tição e espora,
dará adeus a esta mula — e acho que tu, Senhor,
quando nada me infecta ou ameaça, não
dás um grande valor, né?, ao diamante fácil
que lapido pra ti. Toma que a rédea é tua e, en-
-quanto a nuvem não vem (mesmo que eu zurre, empaque
e coiceie a cuspir fogo), direto e reto
toca lá para o teu estábulo ao pé da serra:
me desculpa a preguiça e esta xucrice insana,
e me adestra o galope, ê, nesta pista preta
té pular no final. Como é difícil, ah como.

... amém. Mas por que acreditou num teólogo besta e foi atrás, caçou e poliu as regras da poesia supondo que assim se polia a si mesmo? ("Pôr palavras em ordem põe ordem na ideia de alguém, põe?, pra nem mencionar sob a entranha, e o faz ver ordem na merda do mundo? Imbecil.") Nesse caso era dar com a leizinha — uma e a mesma a do verso, a de si e a das coisas — e topar a chave-mestra, abrindo a mão dos ricaços aqui, ali o fecho-ecler das mulheres, e a boca do povo acolá, por exemplo. "Mas eu...?; que fundi matemática com mágica, e sou outro Virgílio? — pastando. E no lombo só ferro (terão me capado?)".

Sobe um vulcão, mergulha em mar aberto, imerge. Água arcaica, claríssima, e um ponto, talvez um negócio anguiforme, mal pulsa, nem oscila, distante ("O que é?"). Ele escruta, ele absorve, "Ah, respirar de baixo d'água!", e a manobra que aventa, realiza, tem a alma de posse do corpo, e o aquático espaço às suas ordens também. Já o pontinho cresceu e tomou forma e aí vem veloz, "Puta, é um peixe, um..." — é sim: tubarão —, vem chegando, então vê só mandíbula, treme, estrebucha, deseja gritar e a voz não sai.

— E aí, poetastro?
...
— Eu tô vivo?
— Eu não diria que essa tua é vida, mas... — enfim: tecnicamente tá.
— Ufa.
— Cuzão.
— ?
— Como é que cê consegue? Broxa, trolha, rançoso — e esse dó do próprio cu, essa desculpa novíssima de dar tudo pela vocação quando o teu tudo é ri-dí-cu-lo; cê não passa de um bosta.
— Ei!, é tudo o que tenho, e —
— Será? Cê ficou na epiderme, colega: cortou relações, gastou grana, deixou de comer e dormir, — e? Sempre racional, sempre no controle, ouvindo "Se joga!" (e cê ouviu) sem jamais se jogar, sem

coragem pro fundo, sem... se perder pra se achar, é, aquele papo.

— Ah, o papinho de astrólogo... Então: o que mais?; cara, eu nem te conheço.

— Ah, conhece... — tá bom; quem te conhece sou eu. Papo reto? Segura: apesar da tua vida estrambótica, até agora cê teve no comando, ô babaca, escreveu quando quis e como quis — mas escrever *o que* quer é outra coisa, pra isso não basta talento mais técnica pois pede algo mais, o teu cu, o teu coro, razão, consciência, alma, o nome é o de menos.

— Romântico — não-não: meio barroco. Um pendor pelo paradoxo, tipo *cette obscure clarté qui tombe des étoiles* e outros truques da laia — mas nesses eu tô escolado, usei tanto que, bah!, enjoei. Isso é tão velho, seu Cujo... vê só: pra fazer o que quero — o poema perfeito —, preciso fazer o que não quero (destruir-me), concluindo vistosa, velhaca e vacuissimamente que, em arte, negação, aniquilação, morte e, daí, claro, o mal são prendas indispensáveis, um como sinequanon — ou também, ao revés, que a excelência artística ou beleza é inimiga do bem ou perfeição moral, sendo duro e direto; é isso ou não é?

— Isso mesmo: vou até abotoar uma estrelinha no peito do gajo sabido.

Que se debate enquanto o outro o fura com o broche estelar.

— Sai! caralho!
— Saí.

E, quiróptero e enxofrento (pois se pôs a peidar), se sumiu pelos ares.

...

Blem

Blom

Trim, trim, trim.

Tateou procurando um sino e esbarrou com o despertador. Tava grogue de sono e inda alucinava — e, ao aplicar o cala-a-boca, não se sabe bem como sentiu-se a apalpar um leitão estripado, que após o apalpão ficou quieto. Ah, meu Deus, tão macia... a carne de porco é mesmo a melhor.

"Puta: sangue?", despenca na vigília de vez, constatando afinal sem surpresa a última tatuagem presentinho da escoriação neurótica, "Essa mania de coceira ainda vai me matar"; esquisito; onde o Dunha o tinha espinhado — não é que a ferida era meio que uma estrela, pô?

Correu pra onde costumava fazer o primeiro poema do dia e, versos caindo e estâncias engordando, plof, como Deus era foda, em mar calmo e solão mal sussurrava na brisa, mas, sob chuva, em mar bravo, e a um balanço mais forte do barco no meio da cerração, daí Deus rebentava em tudo, plof, até ali no retrete — com o Coiso a reboque pra equilibrar. Acionou a descarga e deu adeus ao poema.

...

Era meio que estoico sendo cristão, aí já tava na rua, sem nunca ter pensado em revidar uma porrada

— ê, pensar já pensou, sem exageros, mas não se atreveu (ou não pôde) revidar. Padaria. Pediu café preto e acendeu o marlborão.

O alcoolista seu amigo tão copo fez festa, seis e meia da manhã, alegando o segundo (o chapeiro em voz baixa "É o terceiro, poeta") underberg com pinga, e, de lá de onde estava, se ergueu, cambaleou, manquitou e sentou-se ao seu lado; mas não derramou uma gota.

— Poetinha!

— Não tenho nada a ver com o Vinícius, porra, já te falei.

— Como não? Os dois preferirem uísque a poesia é "nada a ver" pra vossência, é?

— Ah, vai se foder... — e aí, meu, como cê tá.

Ele engoliu o coquetel-molotov, "Ainda tô em jejum", e pro balcão:

— Uma caracu com ovo aqui, ó animal.

— Tá saindo!

Sorriu. Palitava os dentões amarelentos, curtidos no álcool com nicotina, e parecia feliz.

— Pesadelo de peso que eu tive essa noite, puta que lá merda, eu —

— Tem boca vazando atentado. O homem lá em cima tá na crista e surfa bem, beleza, mas tem tubarão que o quer ver pelas costas. Pudera — o cacique, não sei onde ouvi, escuta, uns índios aí só pegam o tonto pra cacique, daí só fazem o que querem. Alguma semelhança? — A caracu, porra!

—Já vai!

— Onde, cof, argh, hum, onde, rrrrrrr, onde ouviu esse papo?

— Ora, no bar, — onde seria? E, como eu sempre tô bêbedo, eles falam na certeza de eu não lembrar nunca, ei, pra cima de mim... — mas cê sabe que os caras são fodas? Se eu mesmo me ouvisse espalhando o babado, estourava de rir, me pagava uma, e não acreditava: lembrando ou não lembrando, eu não conto. Genial.

Cacete, se tava cheirando a conjura, e uns bocas-moles da vida andavam babando com a língua nos dentes, o tempo fechara, e as orelhas em pé do palácio deviam ter ouvido — entrar lá ia ser o ó, os caras tavam espertos, ia ser bem pior do que supunha porque não era suposição, era real. A amante, por exemplo. Ou uma das amantes: diziam, e o etilista bancava, que tinha tramado com os revoltosos, coisa de ciúme, e, descoberta na hora agá derramando cicuta — não-não: um veneno mais moderno, imagine — na bebida do presidente, foi ele quem lho pôs goela abaixo, e a ciumenta, pó-pó-pó-pó, fritou e gelou num motel; ele devia ter lido, "Ministra próxima do presidente é encontrada morta em hotel da zona sul" deu em todo o lugar, notasse o agá no lugar do eme, "hotel" e não "motel", a imprensa era um monte de fariseus hipócritas.

Um celular.

— Porra, a "Ode à Alegria" te chama, poeta? Que negócio presunçoso mais pequeno-burguês.

Levantou o dedo médio da canhota e atendeu.

— É o poeta bucólico?

— O próprio, pois não?

— É com imensa satisfação que lhe comunico, senhor, que acaba de receber o prêmio Tomás Antônio Gonzaga pelo conjunto da obra. O júri composto por notáveis — incluindo, desta feita, o mesmo presidente do Conselho, é uma honra e tanto, senhor — destaca "O amplo domínio das formas tradicionais, revistas e atualizadas por um agudo senso patriótico", segundo ata lavrada hoje. Informo-lhe também, em carácter extraoficial, que o presidente revoga o recente veto ao seu último pedido de publicação, atribuindo-o a um erro burocrático, no processamento do pedido. A retificação se publicará no diário oficial de amanhã. Muito obrigado pela atenção, parabéns e até logo, senhor. Tenha um bom dia.

— Bom dia.

Ficou embasbacado. Boquiaberto.

— Quem era?

— Acho que o curador de um prêmio literário aí; coisa grande; eu acabo de ganhar.

— Ulalá, já não era sem tempo... — E agora?

— Agora o quê?

— Como "o quê"? E os seu mil planos de vingança do estatusquô, de sabotagem da academia, de desmantelamento, acho, dessa... — quais eram mesmo as suas palavras?; não lembro então gloso — dessa quadrilha literária que dana o país, mais a desejável eliminação do chefe dos seus chefes?

— Eu...

— Como eu imaginava: tá mexido, o coração balançou; — é ou não é?

— É álcool ou fósforo o que tem nisso aí que cê bebe, ã? Memória de agiota — puta que o pariu.

Enfim a caracu.

— Cê botou e chocou o ovo que pôs nessa porra, ô boneca?

— Um beijinho pra ti.

— Viado. Copeiro de padaria e viado — viadaço; pode?

— O espírito sopra onde quer.

— E como sopra, é um tufão, cê não lembra o —

— Preciso ir embora, xará. Desculpa aí. Como sempre, um prazer. — Ó rapazola, tudo o que ele consumir hoje aqui você marca pra mim, combinado?

— O senhor é que manda, patrão, — mas barato-barato não vai ficar.

— Xá comigo.

— Obrigado, poetinha...

— Ô!

— ... tá bom: poetão oficial.

"Tchau e bença", saiu serelepe. Precisava espairecer, andar um pouco ao ar livre, pensar. Até que o outro não era mau — um filho da puta de um demagogo, um alisa-macho do caralho, político (né?), e um que sabia-que-sabia se impor e mandar e ser mas era ainda melhor em trazer todos pra sua raia, que habilidade. Esse premiozinho; o que eram trezentos pilas num cofre de bilhões, trilhões?; sem nem contar que é dinheiro de pinga, tá previsto no orçamento, eles têm de gastar e ponto final, *alguém* ia receber, e ele — desde o poema dissoluto, ê loucura, em que ele tinha explodido a métrica regular, sua vida explodira também, não tinha mais regra nem métrica, e isso maravilhosamente, terribilissimamente quadrava com os ópios do último sonho, do qual perder pra se achar, se estrepar pra vencer, descer pra subir, explodir pra compor, pra fazer, pra criar, e outras barroquices afins, eram o núcleo nevrálgico, com o iniludível corolário de que o Cão, puxa: eureca, ele mesmo era um guia legítimo (e divinamente credenciado, rarrá) para o levar até o Dono. Mas ele tinha feito o pacto? Cara — o pacto? Não. O Um e o Outro tavam fora, cada qual no seu canto sem nada com isso, isso é que era, era ele e só ele ante causas e efeitos, uma escolha e suas consequências, e, ensopado de merda como estava, não podia ter dó, dar pra trás não, nunca, e, beleza, nunca amou a antes mulher agora ex, e no fundo gostava do ex-colega, e o filho de dois era filho de três, tinha chance de ser seu filho, mas jamais, agora tinha compactuado, era um ou era o outro, se não o matasse o matavam, fodido, estava é fodido de verde e amarelo.

... aquele prêmio era um sinal, era um teste, a maré tava louca mas tinha virado pra ele, e o sacana, sacando, blefou, pôs prêmio e imprimátur na mesa, ah, mas *royal* que é *royal*, vai, chupa, panaca, dez a ás em sequência quem tinha era ele — ou teria, pois sim, faltava uma carta e ele a ia tirar, era certeza, era ler a circunstância, apostar e ir pro abraço.

É, o ritmo; obra e vida, no fim, dançavam no mesmo ritmo, a medíocre de par com a medidinha, tediosa, metrificada, e a sublime ou abissal com a que é um solo de jazz; té que o teólogo não era besta — aí, descendo a avenida, entre *poodles* e flamboaiãs, caiu o mundo, eram laicras coladas e gravatas esvoaçantes num salve-se-quem-puder, e ele "Um banco; preciso de espécie então bora pro banco" correu e se enfiou, e, quando o caixa eletrônico, lerdo, cuspia os seus quinhentos, e umas oito pessoas na mesma ao seu lado, entra um cara e um revólver, o revólver primeiro, sem dúvida, e "Quietos: só limpem a conta e me deem" convincente persuade, era mesmo um profissional, e de repente uma moça, gracinha, com fones de ouvido, tribal no pescoço e um brinquinho no nariz, abre a porta e não nota, ai, e assim que notou solta um grito de cinema "Á!" que um guarda passando ouviria se não se calasse mediante um balaço, tudo muito profissional, um tiro surdo na testa e cair feito bosta e rúbidos borbotões, "Continuem" impassível: e os oito, afinal, e o poeta com eles, cumprindo-lhe as ordens, passando-lhe a grana e ofegando, catatônicos, ao vê-lo sair e desaparecer.

Capítulo V

Onde se descreve o quotidiano do presidente, com variadíssimas reflexões e um arremate psicanalítico

Em papel, rádio, tela "Urgentíssimo, alô, extra, ei; latrocínio; assalto a banco deixa trauma, prejuízo e uma morte cruenta após si na avenida dos flamboaiãs; era só uma menina; senador (à direita, em mangas de camisa e raibã) inconsolável ante o corpo da filha caçula; foi um tipo lombrosiano" ouviu, leu — não entendia; tá bom que tinha gente atrás dele, era óbvio, sempre é, se você é presidente tem onça na moita dia e noite querendo te pegar, pelamor, até o Kennedy que era o Kennedy os caras mataram, quanto mais um botocudo, — mas, porra, por mais que odiasse, execrasse, tivesse alergia do senador, eis um homem de princípios, ele sabia, um sujeito razoável com preço e meta, nem amador nem arrivista nem muito menos nefelibata — alguém, pois, sabotando ou tramando, até fácil de demover, que dava até pra comprar, e não oferecia ameaça real: ele, enfim, tava confuso, piolho na cachola e pulga na orelha, não tendo mandado matar a menina tentando atinar com quem tinha.

"Terá sido acidente?", a polícia secreta o tinha avisado, era um zunzunzum aí, diploma de califa — "E de pai..." — não é brinquedo, de maneira que, bem, se o quisessem apagar o momento era agora, depois babau, não morria mais, "Não morria?", e, se bem que corressem um perigozinho, tipo forjar um mártir em dois palitos zás-trás, em mais dois tava tudo queimado, "Tchuf!", era cinza sobre cinza, e o seu nome... — o que seria do seu nome, na lista de notáveis da pátria onde ia ficar, no começo ou no fim?; não podia controlar — não podia prever; no fundo fazem o que querem com o mártir, ou com o nome do mártir, adulteram, maculam, santinhos do pau oco mais caras de pau, vejam Ele e os pentecostais, não tem como antever que Um redunde nos outros; mas redunda.

... ideiazinha furada do caralho, ele não tava moribundo e a segurança era moderníssima, um esquema, gente, americano, e — não: russo ou chinês, claro-claro, os ianques são meio bichas —, e... de mais a mais... a central de inteligência tava lá, não havia nada de concreto, só dois ou três meios-indícios e as projeções e cautelazinhas de praxe — ao menos que ele soubesse. Claro-claro.

    É o secretário que vem.
    Toc-toc-toc.
    — Pode entrar.
    — Com sua licença, senhor.
    — ...
    — Trago-lhe alguns informes, cof, é —

— Não diga; — desembucha.

— Como queira, excelência. Primeiro: a despeito da morte da filha, o chefe da oposição telefonou — hum, não ele mesmo, lógico, o homem tá em cacos agora, mas o seu chefe de gabinete é que me ligou e falou e afiançou, telefone sem fio pelo fio, não é engraçado? —, eh, informando, ou pedindo e rogando lho informasse, que a grande sessão de amanhã continua de pé; traduzindo —

— Eu entendo português; incrível, não?

— Ah, é sim, senhoraço, nos dias que correm... — no entanto eu lhe imploro um tiquinho de paciência, um grãozito só, pois bem sei e vossência melhor que eu que onde aquilo de *virtù, consilium, phrónesis* dos grandes estadistas se aplica e se alteia é no solo firme dos relatórios minuciosos, dos memorandos escrupulosos, dos pareceres precisos —

— Pior que o iletrado inda é o semiletrado.

— O que disse?

— Nada: continue.

— Rarrã; como ia dizendo —

— Olha, e aquele compêndio de filosofia que eu te dei, ã?

— Leio-o sempre, excelência. É uma bíblia.

— *Voilà*.

— Hem?

— Esqueça. Prossiga.

— Pois bem: traduzindo, como disse, ou antes esclarecendo e especificando, o crime abjeto, absconso, ablativo, abnormal, se amputou ao senador mais da metade de si mesmo, um filho é mais que braço e perna, um filho é mais que os olhos, não o impede de cumprir suas obrigações funcionais, seus deveres de consciência — isto sim é um patriota, não?; adversário mas patriota —, e, assim, apesar dos senões, a votação de amanhã fica mantida. Segundo...

O outro passava e repassava as momentosíssimas minudências, mas ele parou de ouvir; o serviço de inteligência; os pervertidos meganhas de alto a baixo — não tavam na mão do cara? Do asquerosinho cede-efe, do metódico carreirista que tinha estudado com a sua mulher, que era louco pela sua mulher, — que começou na polícia científica e veio vindo, pisando nos outros e galgando escalões, até ficar chefe da cagebê tupinambá? A indicação tinha vindo pra ele, é, o presidente é quem banca a escolha da corporação; e o que fez a donzela?; a magnânima, a superiormente letrada, a estratégica donzela?; inventou de bancar Júlio César, achou que podia, *Realpolitik* é pra poucos, xará, por ter lido que um Clódio de caso com Pompeia mulher do primeiro foi então descoberto, um escândalo, romano babado, e acusado de adultério por Túlio o tontão idealista de toda república — mas César vulpino o perdoou e livrou e usou *contra* esse Túlio quando preciso foi, rarrarrá, e o bobão defendendo a honra de César: então ele aceitou a indicação; sob critério exclusivamente técnico, esplêndida indicação, aliás; mas política não é só técnica.

Agora o que fazer? Exonerar Clódio Júnior era emenda pior que soneto, e odiava soneto, até a efetiva diplomação a situação era delicada, Capablanca contra Alekhine, Kasparov versus Deep Blue, "Olhaí a que ponto nós chegamos"; — sem falar na corporação que podia e *iria* reagir, ai a náusea do previsível abaixo-assinamos em prol de um injustiçado, daí corpo mole, quiçá greve, segurança capenga: e o fodido era ele.

— ... finalmente, na alínea ipsilone do referido artigo, que regulamenta a prática da charcutaria em todo o território nacional, onde se lia "encher" leia-se pois "fornir".

Mesmo em outro planeta captou:

— Então agora é "fornir linguiça", — eu ouvi direito?

— É: direitissimamente, senhor.

— Os burocratas não temos limites.

— Senão veja só: a madrelíngua dispondo de um vocábulo preciso, que a gente de toga e a de tanga não empregam, e estando em nosso poder reparar esse mal... —

— Por que então não fazê-lo?

— É o que eu digo.

— E diz bem: o poder opera maravilhas.

Na limusine.

Adorava passar na frente daquele lago, ao pôr-do-sol era impressionante, garças, pardais, pintassilgos e gaviões, e além um disco em brasa entre mamão e laranja — em redor amarelo aí lilás então roxo e eis que azul, primeiro claro, como quem come quieto, mas depois mais escuro e um pouco mais, quanta estrela piscando, a lua em foice, e só noite daí, ancestral, absoluta.

"Quê que aqueles caras tão pescando?", eram uns dois barquinhos ou três, não dava pra ver direito, eram os ornitorrincos entre índio e capiau que moravam do lado de lá no meio do mato, "Acho que num... — uma brenha, um cu de judas que eu mesmo mandei desapropriar". Não usavam canoa só barco a motor — bobos, não? —, tinham tevê, celular, em vez de cocar bonezinho do Mengo, "Por que não do Guarani?", e compravam boa parte e o grosso mesmo do que comiam no supermercado. Mas alegavam "A gente é índio". Claro que ganhar uns hectarezinhos, isenção de não sei quanto, bolsa de não sei onde, cota de não sei quê pesou e não pesou pouco nessa alegação, ninguém é besta nesse mundo — caralho: cacete. Mas não era só isso e nem era bem isso, na real, ornitorrinco é pato com lontra os dois ao mesmo tempo, nem só aquele nem só esta, e assim os curupiras *high tech* eram bagre com bugre de maneira irredutível e insubornável e mutuamente includente — e se se alegavam da flecha não do míssil por ser mais vantajoso, problema nenhum; a linha, qual a linha entre pelado e vestido na América tropical?, qual o limite "Cê é índio, cê é tuga"?; — sentiu-se carne em antropológica feijoada, o país inteiro uma imensa cumbuca. Ah, o poema do ex-amigo:

Nisso quis vazar dessa merda toda,
bafo, socação, o cecê do trópico, es-
-cassa gentileza, propina, *lex*
dura sed lex,

onde ainda ontem era só goiaba,
hoje só laranja — até padre, pode? — e
tudo é tão volátil que não há verso
já que o retenha,

"Vai, apela agora pro teu santinho,
trouxa", "Cê não serve pro Quinto Império",
"Macumbeiro", "Puto", "Carola à toa"
meus elogios:

vou seguindo aqui em abafado escuro e
sei que escafeder-se é mudar de ares
não de humor — escavo na vasta serra
minha jazida,

brisa, alguma brisa de noite vem; a
vida em Vera Cruz é gasoso sonho
pós um dia todo de feijoada e
pinga silente.

Tinha ficado sabendo da reuniãozinha na casa dele, lógico, bolorentos "árcades" arrarrarrarrá incorporando Glauceste e reencarnando Dirceu era de rir e de chorar e de chorar de rir, só de pensar na versalhada pelancuda, osteoporótica — era mesmo uma via-
-crúcis, só por Deus. O seu homem lá dentro não tinha ligado; via-o em regra de manhã no palácio todo dia

mas *naquele* em especial não lembrava de ter visto; um Laclos, hedonista metódico, com um catálogo incrível de idade, medidas, cor, pêlos e o prazer específico que proporcionam — mais o orgasmo "Quanto é?", "Tal e tanto", "Tó", "Tchau", "*Au revoir*", claro; e, pois não dera sinal, sendo um cara firmeza como era, a reunião fora a irrelevância de sempre, a fatuidade de sempre, a não ser, quem sabe, por terem falado no veto ao poema dissoluto, imaginava os rostos afogueados, as saltadas veias nos pescoços, a língua ofídia — uma patacoada; nem seria impossível que um ou dois lá soubessem da *revogação* do veto também, vejam só que curioso, sabiam mas falar não deviam, favas contadas só depois do diário oficial, meus bachareizinhos, só o papel é que existe — é, o curador do Gonzaga era assim com os árcades do centrão, podia ter comentado, tão assim que era morrer um e ele pleitear a cadeira do morto com o corpo inda quente, mas a estratégia não vinha dando certo; enfim.

A Stalingrado do Chostakóvich — o adágio.
— Alô.
— Excelência?
— Cê ligou pra quem, ó mentecapto?
— Desculpe, senhor.
— ...
— Bem: o senhor já foi informado, talvez...
— Se eu atendi um beócio como tu, — faça-me o favor; o que acha, ã?
— Acho que não.
— Pois é...

— Hum, então... — houve um acidente de carro, excelência, eh —
— Minha família?
— Não-não, é —
— Fffffff quem?
— Nosso árcade, senhor. O das ligações perigosas. A batida foi tão forte, uh!, que o carro explodiu. Cadáver carbonizado, autópsia difícil — mas é ele sim, não há dúvida. Ele tem uma irmã que mora em Nova Iorque, os pais já faleceram, não se sabe de parentes próximos —
— Paga e cuida de tudo, um enterro decente.
— Sim, senhor.
— ...
— ...
— Mais alguma coisa?
— Não, senhor.
— Então... — ah, e o laudo do acidente?
— Tá quase, — e o perito é dos nossos; saindo, eu te mando.
— Bom. Tchau.
Alguma coisa tava acontecendo; sentiu a limusine parar e a porta se abrir, "Mas o quê?", e ele estratosférico rumo ao portão do prédio; senha, senha, não dá, aí morde a grade, é zelador, cão, merda, ai olha, "Merda!" — conseguiu: Jesus; átrio espaçoso, elevador estreito...; oitavo desce, dá-lhe senha, dá-lhe, a última vez digita com o revólver e abre o sésamo, "Ora, é porta mas não é burra". Aquilo, poxa, que

negócio bem bolado, a porta de entrada e a de saída eram diferentes, com elevador e antessala diferentes — os pacientes não se cruzavam. Um experimento teórico era prova cabal: ele no *hall* com um gordão e uma gostosa, cada qual pra sua sessão, mas acaba que aquele dia uma chega adiantado, um atrasado — digamos assim; no elevador já era brincadeira, ("Será que ela dá o cu?") ("Esse bate na mulher — ai, bate") ("E se me prendessem, me espancassem, me...?") ("Eu até comia esse gordão") ("O outro é tão delicado, tão doce") ("Ai que vontade de cagar") — etcétera; quando na sala de espera, então, o que seria?; de maneira que, a bem da civilidade e para evitar maiores constrangimentos, a analista-arquiteta engenhou o sistema simplíssimo, eficientíssimo, de acoplar entrada com social, saída com serviço; era até psicanaliticamente informado, o tal sistema: chega o tolo pela frente, se liga em quem é, e sai um pouco menos tolo pelos fundos.

Na sala de espera, pois.

Sozinho.

...

— Boa noite.

— Boa noite.

Recosta no divã e a ação começa:

— ... e eu não fiz vasectomia; minha mulher me pediu, e eu — meus espermatozoides são *preguiçosos*: é; é um eufemismo, colete à prova de bala na batalha das Ardenas, vaselina no cu — eles fingem que explicam, cê finge que entende, elas por elas; mas... como ia dizendo... eu não sou broxa não; sou que nem o Tim Maia, meia-bomba é uma coisa que claro que já rolou, é desculpável — broxar não, nunca; então tem isso; depois que meu filho nasceu, eh, meu filho... filho assim naquela, talvez seja e talvez não seja, mas prova dos nove assim tipo gene eu não faço, eu me recuso, prefiro o limbo limoso ao inferno invernal; rerrerrê; então; a vasectomia; depois que ele nasceu ela implorou, exigiu, — não, exigir ela não pode exigir porra nenhuma, aquela... viciadinha, mãe relapsa: lamentável — bem, pediu pelamor que eu fizesse, disse que era mais seguro pros dois coisa e tal: aí eu aproveitei; menti que fiz, ela nem imagina o meu espermograma, bati o pau na mesa e "É claro que é meu, não do eunuco do teu outro", ou ex-outro, peraí; e me recusei, e me recuso, como eu disse, a tirar isso a limpo, afetando "Eu sou tão foda e tão macho que é meu e acabou, é meu, porra" porque... vai que eu faço e me fodo?; aí é vergonha na foto, papelão.

   ...
   ("E como você se sente?")
— E como você se sente?
— Como eu me sinto...
   ("Como eu me sinto?")
— ...
— Bem; acho que bem.

Capítulo VI

Que conta uma visita da senhora primeira-dama
à sua digníssima genitora

Ela tinha mandado "Não quero segurança: me deixa, me..." e saiu a pé lá da granja pra casa da mãe, olha, uns quinze quilômetros, e — mas é claro, também farejava, sabia e não sabia que uns caras de preto e ainda alguns à paisana a seguiam, uns de longe e alguns de perto, liberdade postiça de vida postiça, aquela coisa. Não saber e saber.

Taquicárdica embora, ê nariz, narizinho, desatou a correr — *jogging, cooper*: quem sabe? — querendo suor, ablução, explosão do miocárdio dopado naquela estradinha, uma graça, um brinquinho, aliás, os ipês amarelos e "Ah!" as primaveras e o orvalho e as gramíneas que tanto adorava.

("Meu pai.")

Como o amava, e — "Não! não!" — como; do bem, bicho-grilo, ia correndo e lembrando as festinhas de arromba em criança com a nata dos lúmpenes, violão, uns versinhos, a galera fumando esmeralda e ouro e prata bebendo, e política, pois, a perversão dos latinos daqui e dos de lá. Os pais morrem, lindinha, ofegava e chorava, não parece nem nunca se espera mas morrem e é foda "Ó paiê! O que é 'timo'? quando isso? meu Deus? — Puta bosta".

    Sobre a azia, o tumulto, o encosto
    de cachaça invejosa, ínfera saia alheia
    e nobéis que perdi, a lua
    resplendeu feito lua (a de São Paulo, em regra,

    é um satélite russo) e, então,
    como em tantos e tão tolos poeminhas, lá
    fiquei eu a pensar na vida,
    a de aquém e a de além. Timo. Como é que pode, um

    troço preto num treco bobo
    — nó de nadas — e fim? Pode. Na noite clara
    ouço as aves dos ornitólogos
    e me invade a certeza ("É: rouxinóis") estranha,

    pois aqui rouxinóis não há.
    Megarrhyncos — bonito. O último pio foi canto,
    foi buzina ou o que foi? "Tá louco?",
    ergo aquele dedão clássico, é mãe no meio, e

    "Tá no mundo da lua?". Adeus,
    carenagem lunar canga de rouxinóis,
    timo estúpido e mau, adeus.
    Céus sem nuvem em São Paulo são perigosos.

Eles tavam em São Paulo quando aconteceu, ela e ele num festival só pelo Wynton Marsalis, e ao "Escuta: o teu pai..." de madruga num fone pós-*show* e ela "..." engasgada ele um gesto, só um, a carícia mais destra em sua mão entrevada pedindo o aparelho mas pronto pruma bomba; saber e não saber — o de praxe; ouve-o "Tá — ela tá aqui do meu lado" e enxerga a mãe lá do seu represando os dois olhos e aguando a garganta, órgãos em conflito, esta o contrário daqueles, e quando ("Então: é o pai dela...") "É o teu pai..." a barragem se rompe aí as notas explodem, gorgulham, dois choros com ele no meio "Á-á-á-á-á-á!" tentando contraponto e desbastando e polindo até dar com o poema. — Que, a despeito de todas as qualidades hipotéticas, foi um péssimo presente de um ano de casada, isso foi. Sem hipótese em contrário.

De maneira que, tá, a culpa não era dele, claro, o pai com negro defeito numa glândula pré-histórica esconder da família e morrer assim do nada acontece, é roteiro de filme bê mas acontece, — mas que culpa *ela* tinha se o amor cancerou, se não podia nem aventar o marido sem ver o pai no necrotério, em prancha de madeira, tipo *A Lição de Anatomia do Dr. Tulp*? Casamento neoplásico, pois, daquele dia em diante, que a químio de um poema — e até de um bom poema, vá lá — prolongou mas não salvou.

Viver é acabar-se em -oma.

"Eu vou ter um enfarte", vai desacelerando, se parasse de chofre caía durinha na titica dos pombos, "Que nojo!", daquela titica de praça — então respira, se concentra, reencena as aulinhas de ioga e os exercícios de respiração, isso, assim, tá melhor, isso, agora de novo, isso, ah!, não, não ia morrer, não, "Não é que funciona?", ou ao menos não agora.

A barraca do coco.
Sombra espessa.
Cliente nenhum.
(Quase a perfeição.)
...
— Bom dia.
— Bom dia, senhora; — o que vai ser?
— Um coco bem gelado, por favor.
— Só se for agora.

Deixou-se estar, acelerada mas no controle. O do coco lho trouxe e ficou meio de esguelha, longinho, e em microrrádio "É o falcão", "Harpia na escuta", "Alvo na mira, senhor: visivelmente sem ar, crise intensa de mania — estágio pré-crítico", "Soldado?", "Benzodiazepínico já ministrado, senhor, ela deve melhorar dentro em pouco", "Acompanhe-a até a casa da mãe, aí mesmo no seu perímetro, — alvo sob sua exclusiva responsabilidade, soldado", "Sim, senhor: entendido".

Praça medonha, a da sua infância...
— Tudo bem com a senhora?
— Oi? — Ah, tudo bem... Só tô meio agitada, uns problemas chatésimos — igual a todo o mundo, não é?
— Com certeza, senhora.
— Olha, este coco tá bem bom. Tá até dando um soninho, — imagina?

— Imagino... Hum: a senhora não é filha daquela... — a que tem uma menina adotiva, morena linda, e mora ali na ruazinha de trás?

— Sim, sou sim: como soube?

— Ela sempre tá aí, é, fu... — andando na praça; e a gente nessa profissão fica bom fisionomista, não há como; e, pois cês se parecem...

— A menina?

— Não, a mãe; a senhora e sua mãe. — Bem, se bem que a menina...

— ?

— Acho que é a convivência, — a gente é meio camaleão, opa, minha avó sempre dizia a meu avô que, de tanto cavalgar, tinha virado um cavalo. Rerrê, gente da roça, a senhora desculpe... O que eu quero dizer é que, com todo o respeito, a menina acabou parecida com a senhora — ou com a senhora sua mãe, é. De viver junto.

Aí o xanax tinha batido, e ela amoleceu.

— É... A menina...

Levou-a meio que carregada, de si pra si ela deslizando.

Dim-dom.

— É aqui, não?

— ...

— Oi, filha, que surpresa.

— É...

— Passar bem, minhas senhoras.

— Ô!

— :
— Valeu pelo sossega-tigresa...
— Sempre às ordens, madame.
— E é um gatinho, hem, mãe...? Vou pegar ele pra mim — de segurança; eu tô mesmo a perigo...

Mal entrou, desmaiou. A mãe cobriu-a, carinho condescendentíssimo na testa, e foi confeitar. Flutuava; era a espuma da praia, "Xuá...", aquele asco de Santos nos anos oitenta, quando era feliz. De repente — a maresia sumiu, o marulho sumiu: quando foi? Ficou o asco, o chorume do cais; ficou uma gosma.
...
A cabeçorra um balão.
— Mãe.
— Filhinha.

Solzinho da tarde, a cozinha de porta aberta, café, bolo — e o bom. Copo d'água trincando que tava, glup-glup-glup, o espaço gordo, bolorento, e a vida oca toando toc-toc.
— Senta, filha...
— Minha irmã?

Lapsus linguae pra que te quero, ó: nem a sós com a mãe (nem consigo) um "Minha filha" saía — esquecera?; capaz: tinha é colado tão bem a carantonha, tão grudada na pele, que o rosto... seu rosto... — qual rosto?; namoro de praia, um pretinho, que cagada; quando soube deu asa, pais ripongas "Tá na fase *On the Road*" criam solto: marcou com aborteira, desmarcou, remarcou, acabou tendo e — abandonou pras freirinhas; a mãe pumba, sacou, "É: mas como?", as mães, meu, adivinham essas paradas, — foi até o conventinho, o orfanato, o juizado, entrou com toda a papelada tudo certo tintim por tintim, e adotou a própria neta: com a condição, essa da filha, sob pena de cortar pulso pular de ponte enforcar-se na árvore um-sete-um cocoricó, de jamais sequer pensar em circunlóquio que rodasse e virasse e acabasse contando pra menina; nem pensar; — mas ela pensa.

— Saiu há pouco, filhota. Pra uma reunião do movimento negro, um protesto: algo assim.

— Argh! — bem...

Acendeu-se a charula.

— Pô, mãe! Setent'anos e nessa?

— Natura, ó filhinha. Um amigo me trouxe do Uruguai, ele planta lá, igual a este, é, ufff, é, ufffffff, é, ufffffffffff — cof, ei!, cof-cof-cof, é... igual a este acho que só em Amsterdã.

— Situação, viu...? Caretice...

— Ufffff, cof-cof, ufff, o quê?

— Nada, mãe. Beque é brega demais.

— É iúpie falando a rípie.

— Ah, tá bom — tá; bem: depois do merchã, dá um peguinha.

Após nevasca é o melhor: fumar um com café, bolo, colo de mãe, meter o Jefferson Airplane na vitrola e viajar; ói "Somebody to Love" — som.

— Tô te achando muito magra, mocinha.

A conversa de sempre. Tinha com a mãe muito pouco em comum, odiava a falta de ambição, o arranjar-se com pouco e ir de acordo com o vento, — sobretudo porque era assim mas não era, o pai tinha feito um seguro de vida e deixado uma graninha razoável, dava e sobrava pro basicão classe-média e até mais que o basicão: ainda que a rípie, a iupiezinha a conhecia, viveria na boa no mato pelada, estilo de-dia-come-cobra-à-noite-a-cobra-come, e não incomodaria ninguém (salvo os olhos que a vissem — é).

— Por que cê largou dele, meu bem? Eu gostava daquele poeta — uns versos bárbaros, uma inteligência...

— Semitúrgido, mâmi; e cê sabe, né?, a gente é loba: entre poesia e pica...

— Ah, isso é — aí é pica, não tem jeito, só de pica se vive e se vive bem, obrigadinha, — mas só de poesia...

— Jesus.

— Não há Jesus — aí não dá.

— E não dá mesmo: ou dá, mãe?

— Arrarrarrarrá.

Aquele papo-aranha. — É, foi isso: o outro veio omnipotentemente, delirante, megalômana e omnipotentemente, deixou claro o que queria — e até sabia o que queria, raridade —, e ela apaixonou. Foi um lance de pele, de pêlo, ã, de... — embaraçoso, cabuloso, cafona; pior que Roberto: uh; mas — ela gostou de poder; de bancar a Amélia só com um, e poder o que quisesses (ou quase isso) com todos; e de ter intimidades, reentrâncias, dobras, silêncios, sem — sim: foi por isso —, sem ter um enrustido do lado "Me conta", "Que cê tem?", "Sou todo ouvidos", "Se abre" e outras bichices que tais; sem estar com uma amiga de pau mole, no fundo — é: foi isso —, porque no fundo mais fundo nunca quis compreensão de ninguém.

(Mas o fogo, que já quis, se apagou: agora neva.)

— E aquela vez em São Tomé?

— Nossa, não foi em Saquarema?

Asnice de desocupados, idiotas o dia inteiro fritando os miolos num rincão qualquer, à beira de lagos e cachoeiras, e à noite no acampamento "Ô — minha filha cadê?"; aí toca acenderem achas "Lanterna é careta" e saírem, fumarem mais sei lá quanto, "Olha a lua lá", "Podicrê", "Saca, brou", e, no final, tava na cara, é vergonhoso mas tava na cara, *a menina* os topar numa grota e os guiar, como pôde?, ilesos de volta pro acampamento. "Ileso" é modo de dizer.

Daí as diferenças com a mãe, claro, e a implicância com o sessentismo natureba. Mas: era tão diferente?

Era sim; ao contrário da mãe que sabia valsar, que vivia na boa e na flauta, ela era só inseguranças, o seu estofo eram encanações — e andava fria friíssima, polar, sem ser devassa ou maternal nem cientista nem nada; sem nenhuma paixão; a vida: o tédio da vida; que clichezaço — que demodê.

E: dim-dom.

— Será que é ela?

— Ela tem a chave, meu bem.

Era o motorista: o presidente mandara buscá-la, precisava dela, ia ter um jantar na embaixada xis e a primeira-dama tinha porque tinha de comparecer, era a figura principal, o chamariz, a atração — sobretudo porque ele, isto é, o presidente, claro, ela tinha de entender e entenderia, *desta vez* ele não podia ("Desta vez?"), e, sendo um evento importante, e mesmo importantíssimo, politicamente falando ("Eu já ouvi essa história?"), em vez de um assessor era ela que enviava ("Não é um anjo?") pois só ela, sua mulher, podia — e podia com folga — preencher o vazio deixado por sua ausência e evitar, assim, um tolo e de resto facilmente evitável mal-estarzinho diplomático.

— Entendeu por que neva, velhota?
— Entendi: vai, filhona, vai com Deus.
— Antes vou ao banheiro.

Acenou e foi saindo, o chofer — não sem antes falar no tempo curto que tinham, já que antes de ir pra casa deviam passar lá e além, por ordem expressa do presidente.

No banho.

Tomava um banho demorado, o chofer que esperasse e o marido que se fodesse, ela faria o que ele queria mas faria do seu jeito e pronto; e ponto final.
— Ai, o chato do açougue. Que chato — ai! Nunca se arrependera de dar pra ninguém, não, nunquinha, mas pra esse, ó... Precisou de uma mãozinha durante a faculdade, tinha perdido a inscrição do programa de bolsas e queria concorrer porque queria zarpar — e o então colega tinha lá os seus contactos. Foi uma vez só, no sofá do centro acadêmico, um papelão deprimente — e pra ela um bom negócio, no fim —, pois o cara

mal pôs acabou, rarrarrá; daí mexeu os pauzinhos, cambalacho, ziriguidum, e tchã-tchã-tchã-tchã, ela não só se inscreveu como ficou em primeiro e vazou. Viva a França. — Ai; aí o cara começou a persegui-la. Vida afora a incomodá-la e a persegui-la: até em Paris, pode? Quando virou gambé ela viu que teria problemas. Um dia veio com um papo de abandono de menor, disse que sabia de tudo, etcétera e coisa, e que só se ela desse de novo ficava calado. Ela deu — mas filmou. Outro fiasco de desempenho, ih! Então, sob nova chantagem, um tempo depois, contrachantagem: "Vou mostrar pra tua mulher". Rarrarrá... De modo que — relaçãozinha, a dela com o chefe da polícia secreta, que agora a queria de garota-propaganda do frigorífico tal porque iam levar não sei quanto, bufunfa graúda, pra caixa dois e três e quatro e — xi! Frigorífico de um desafeto do marido, eis o contratempo, que o derrotara nas eleições e não ganhara só a presidência não, imagine, mas um inimigo, esse, figadal. Pelo que ele a proibiria veementemente, sem dúvida, — *se soubesse* ele a proibiria. Mas o facto é que o partido precisava de caixa, partido vive dessa promiscuidade, desse toma-lá-dá-cá — quer virasse califa, quer não. Será que não virava?

("Amanhã é o dia.")

Toc-toc-toc.

— Já vou, mãe. — Ah: e avisa a esse folgado que, se me incomodar de novo ou fizer qualquer menção a falta de tempo ou itinerário ou a infelizarda que o pariu, tá na rua. Quem manda sou eu.

("Amanhã; antes da festa, enquanto votam, eu escapulo e gravo num átimo a chatice do comercial; — ai, que chato!")

...
— Alô... — Oi, genrinho.
— Ela já saiu?
— Saiu sim, inda agorinha. Eh —
— Eu já mandei transferir o dinheiro — tá lá na tua conta. Falei pessoalmente com o reitor de Harvard, vão aceitar a menina — que sorte, ã?; quem diria que é sorte...? — por causa da cor.
— Mas ela é um gênio...
— Ah, se liga; acorda pra cuspir, ó cascavel.
— Se eu cuspo, enveneno.
— Eu sei bem.

Capítulo VII

*De como o poeta não dormiu, tomou um ônibus,
passou num bar e chegou ao palácio*

No ponto de ônibus. Antecipava o cheiro de gente, "Prefiro o dos cavalos", aquele aperto — tá bom. Parasse de reclamar. De carro não dava pra ir — que remédio? —, tinha guarda em toda quina e ângulo imagináveis, imagina se o param na blitz, "Eu, hem...", aí era cana, aí ia tudo pras cucuias. E dá-lhe gente feia indo pro desfile... — os senadores já tavam votando, naquele preciso instante o outro já devia de ser califa, ê, mas que manobra, que mão, que manha, marcar uma votação pra festa da independência, ou logo antes da festa de independência, e depois se esbaldar; mas que filho da puta.

Entre um quarenta e cinco automático e o velho três oitão, escolhera o segundo, "Por causa do coice". Ironia. Depois da carnagem e da sangueira, de ver a menina descerebrada e a massa cinzenta moída adornando paredes e monitores — e de prestar depoimentozinho na seccional da região, é —, foi direto pro estande de tiro (de novo: que remédio?), onde passaria a tarde toda em mui erudita instrução sobre o universo das pistolas e em penosa, forçada prática do tiro ao alvo — em que, pra sua surpresa, obteve resultados animadores: atirar, atirava, e matar, mataria. Era loucura — mas era assim.

Chegou em casa e não conciliava o sono nem a pau, claro. Tomou uma cachacinha, moscou na *net*, apelou ao exercício de Onã — nada feito: nada-nada. Às quatro pulou da cama meio sem acreditar, ia mesmo fazer aquilo, era verdade, entre o fim da votação e o começo da festa ia se infiltrar no palácio, subir tais escadas, vencer tais corredores, adentrar tais portas, e surpreender o presidente em tal sala lá, atirando, matando, dando meia-volta e... e... e então? Tava fodido, não tinha jeito, ainda que saísse e serpeasse e de butuca e em butuca alcançasse a Argentina — pra além de Mendoza nos cafundós da cordilheira —, e daí? e então? Não via futuro, ai — calma, relaxa; uma coisa de cada vez ("Benditas sejam as frases feitas"); primeiro de tudo era tomar um café.

Café sorvido e neurônios estimulados, repassou a instrução, carregou a arma, acoplou o silenciador, e, do lado oposto ao de sofá e almofadas, fê-las de presidente e saraivou; porra... não é que tinha jeito pra aquilo? Respirou melhor. E, com o "Uma coisa de cada vez" na cachola, saiu cedinho, armado e perigoso (ou nem tanto: será?), rumo à parada do ônibus que o levaria ao palácio.

Um homem e sua hora.

O buzão passou e ele pumba, caiu dentro, e acabou de pé no corredor quase em cima de uma beldade abraçada à quentinha. Hábito ou precisão? Ah... ela lambe os beiços, destampa o potão hermético, e, saliva escumante, manda ver numa coxa de frango rebuscada de farofa — ei! curva fechada —, aí voam arrozes, é linguiça ao chão, e bem em frente ao jardim botânico, "Vou me fixar nas palmeiras — é, as palmeiras...", um cheiro novo, ovo podre quiçá, mais a cara simiesca da sumidade em gordas maneiras, o fazem supor, num arroubo de irracionalidade, que aquilo só podia ser o demo; não qualquer demoniozinho, claro, mas o graxento e espaçoso demônio da gula — e uma suposição pra valer, fundada em evidências, nem delirante nem nada leviana. Sentiu a espinha gelar. E, inspecionando na caradura o conteúdo do pote, viu ou creu ver suculentas pururucas, picanhas ao alho, mexilhões, e escutou a barriga pedir; "Mas comi pão inda agora, pô!". A escrotíssima gorda o observava e ria, todos tinham escutado, e, disposta a seguir com a zoeira:

— Tá meio com fome, né...?

— Eu?

— Não, Epimeteu.

— Eh, hum, — muito pelo contrário, não-não; o que sou é curioso, fui deselegante... Peço à senhora que me desculpe.

— Pra que tanta cerimônia, bobinho? Tá bom; mas eu só desculpo se o senhor aceitar este pastelzinho aqui.

Que era o diletíssimo de camarão, não é...

— É... bem —
— E não aceito não como resposta.
— Tá certo.

Os circunstantes gargalhavam. Ele pegou o pastel sequinho com jeito de recém-frito, sentiu a maciez, o olor, mordeu — e um amargor insalubérrimo "Argh!" lhe inundou o palato, gosto de vômito, de carne putrefata, de fezes, e, engolindo, que esforço, só pra salvar as aparências, "É: *toujours la politesse*", periciou o quitute sem conseguir nem a pau avalizar a perícia: minhocas, lesmas, sanguessugas e centopeias, semivivas-semimortas depois de mastigadas, e uma elefanta que de repente desaparece — aonde fora, caralho, aonde *podia* ter ido?

Joga o pastel janela afora, "Ê, porco!", "Vão tomar no cu", e, abrindo espaço através da catinga braba acha uma redoma de ar puro, ufa, ah, meio que uma clareira no espinheiral.

— Cê tá sozinho?

Violão de corpo e voz de oboé, com um rosto, então, que era toda uma orquestra.

— É: tô.

Ela também, aparentemente, sentada ali meio como a gorda; a gorda; ela até parecia com a gorda, Deus meu, como era possível, soava a brincadeira mas era sério, real. Que mundo louco.

— Então senta aqui...

Olha, louco é pouco — pois num buzão abarrotado daquele, soltando gente pelas janelas, não é que tinha um puta lugarzão ali do lado daquela gostosa?

— Uh, demorou.

Mal sentou-se ela meteu-lhe a mão na coxa — e ele o recatado, o tímido, o em regra medroso de mulher devolveu em moeda igual, "Cara: o que eu tenho?", lambendo já o pescocinho, já aquela nuca, e acendendo priápico os faróis da peitaria. — Aí da coxa a mão lhe invadia a calça, ele fecha os olhos, é pura ação, feliz da vida por finalmente lhe suceder um negócio assim, — e não menos porque contaria, ah, ao fim e ao cabo tinha o que contar, no próximo churras com os amigos contava sim, ô, sem falta a dádiva toda que recebera; — aqueles mentirosos da porra, ai ai ai, aguardassem, um e suas alunas imaginárias, o outro e a cunhada inexistente, e ele lá no meio calado e até meio invejosozinho apesar de saber que mentiam... Enfim a desforra: tomassem no cu. A verdade não libertará?

— Mamãe: o quê que esse homem tá fazendo?
— Á-á-á-á-á-á-á! acudam!

Abriu os olhos. Tava torto no assento lambendo o vitrô, mais ou menos de costas pro assento vizinho — ocupado por mãe, filha, malas, refrigerante, pipoca, celular, tudo com o asseio e o trato característicos de quem acha que o público é seu — e, mão esquerda por dentro da cueca (fora assim maravilhoso porque trocara de mão?), era surpreendido no flagra por uns sobrecenhos sisudos cujas orelhas ouviram o desespero daquela mãe.

Ô-ô.
— Mas que filho da...
— Vou te capar, ó animal.

— Porrada nele — lincha, lincha.

Pá!

Tirou o trabuco e atirou pro alto. A macheza geral aí tinha sumido, nossa, todos se abaixaram, — não? — e depois de um grosso "Manda parar essa porra, ó cobrador", e de a porta se abrir uma canela fininha passou-lhe um rapa, tssssss, aí foi bico no cu, na costela, estômago, queixo, e rolar escada abaixo até dar de testa no meio-fio.

A sarjeta imunda.

Ele imundo.

Chorume e sangue.

Era uma parte chique da cidade, bairro boêmio vizinho do do palácio, que distava uns três quilômetros dali — três ou quatro —, mais ou menos. O dono de um café tava na calçada e assistiu à cena, ele conhecia o cara, estivera lá, onde passara o carão de recitar poesia clássica a uma plateia de modernetes; rotundíssimo fiasco.

— Bucólico, o que foi?

Sentou no revólver...

— Olha lá!

... e quando o outro se virou o escondeu no cinto.

— Que foi?

— Nada não; acho que vi um meteoro, uma espaçonave, eh... — não, um disco-voador, é, foi isso.

— Vocês poetas... Que houve, rapaz?

— Pô, sei lá, me agrediram; eu de camiseta do peixe e uns gambás fedorentos me agrediram. Mau perdedor é uma lástima.

— Mas... cê tá de terno e gravata, xará!

— Pois é, rapaz, eles me fizeram tirar a camiseta, aí rasgaram, tacaram fogo, e eu fui obrigado a trocar de roupa: cê vê?

— Vejo sim... Bem: vamos lá pro café, tenho um estojo de primeiros socorros — que talho na testa, velhinho —, e, se não conseguir estancar o sangue, aí a gente liga pra ambulância, beleza?

— Beleza: bora lá.

Enquanto o cara foi atrás do estojo ele se acomodou. Um relógio na parede marcava tal e tanto, ele tinha tempo, como de costume tava bastante adiantado, dava até pra tomar uma. Ia ser bom tomar uma.

De repente, não se sabe como, ele nunca fizera aquilo, eis se levanta e vai seco até a caixa registradora, aperta, soca, remexe, "Tlim!", e enche lépido os bolsos com uns cinco ou seis mil.

Barulho na escada.

O outro tava chegando, era hora de voltar pra mesa, e, pois no trajeto enxergou uma edição raríssima de *As Flores do Mal*, dessas que só quem tem grana pode ter, resolveu colhê-la e "Onde a escondo?" escondeu no lixo, onde mais, pensando usar a artimanha "Deixa que eu levo o lixinho pra você — não custa nada" pra pegá-la quando saísse. Favor patente, fedor latente.

— Ai!

— Pronto; um pouco de iodo, algodãozinho, esparadrapo — tá tão chocante que parece uma instalação. Cê transa *body art*?

— Transo é o cu da tua mãe.
— Calma, brou — brincadeirinha...
("Oligofrênico e metido, e — ah, o Baudelaire...")
— Tá beleza; bem-feito.
— Bem-feito pra quem? Cê mereceu apanhar, sangue bom?
— Eu o quê? — Ah, sim: mereci.
("Se fodeu, ó mentecapto.")
("Poeta doidivanas...")
— E aí: se sentindo melhor? Vai uma birita por conta da casa?
— Assim vai até injeção na testa.
— Fica tranquilo que tá guardada: consegui estancar o sangue, beleza, maravilha, mas o curativo não vai durar muito; de maneira que é tomar um táxi, chegar ao pronto-socorro e, dando sorte, uma horinha depois tomar a tua injeção, rarrarrá.
— É: o que é meu tá guardado — sem dúvida. Mas faz o seguinte: primeiro, enfia o dedo no cu e assopra, tá?; depois, já que você ofereceu, me dá aquela garrafa de rum, ali, pela metade.
— Pô: mas é rum espanhol.
— Quem mandou oferecer; — vai miguelar?
— Tudo bem: eu compro outra. Sou caridoso que dói.
— É — caridade dói mesmo.
O outro deu-lhe a garrafa e ele a destampou, metendo primeiro o nariz no gargalo — "Meu Deus, que perfume: guitarras, castanholas, incêndio de

Espanha" — e depois dando um gole robusto, uma sede de séculos, que durou quanto dura verter meio litro no ralo da pia.

— Rapaz!

— Há anos que não bebo um desses.

Calor nas têmporas, dentes amortecidos, cérebro borbulhante e o sangue correndo em paz. Paz, paz — ele devia é ficar ali, tanta birita à mão, usava a grana do prêmio pra ficar sócio daquele folgado, aprendia a mexer com o negócio e, já que agora atirava, e não atirava mal, matava-o, picava-o, temperava-o e servia-o à milanesa aos clientes daquela joça.

Preguiça ancestral.

Fecha os olhos.

Devia ser doce: ah devia.

R-r-r-r-r-r-r!

— Que porra é essa?

— O caminhão do lixo, relaxa, trança os dedos na nuca de novo, refecha os olhinhos... — olha: aceita um cigarro?

— Ó lixeiro, esse não!

Levantou e correu, mas debalde: maçaroca de Baudelaire. E aí uma quentura que parecia gastrite, "É gastrite?", uma lava que irrompia do estâmago (não: irrompia do fígado) e pulsava e ebulia do seu núcleo nuclear bombardeou-lhe a cabeça — então é lixeiro que vai e revólver que vem e coronhada, ossos móveis moldáveis qual massa de pão, e o cara vivo, ou semivivo, se moldando, e dá-lhe mais coronhada, mais-mais,

e semimorto daí, ou já morto, e lá um roxo de sangue sobre o outro batendo e batendo e batendo e batendo.
...
Entre fechar o café, tomar um banho, encontrar roupas limpas e um galãozão de querosene pra queimar tudo — e com isso de tudo as provas todas, rarrá —, como de facto queimou, foi um átimo, ei-lo agora na rua caminhando ou, mais que isso, passeando, enquanto o outro se consumia "Que apoteose: morte digna de um Hércules" e se purgava nas chamas; teve bem o que merecia e até mais; ai que dó das bebidas.

"Ei: sou eu? sou eu mesmo?", mal cobra consciência e respira, tá quase parindo um conceito, e uma nuvem de novo, ou um poço, ou a água velha dum charco — é — o encobre, o afoga, sente arder os caninos, olhos saltados esbugalhados, dorso meio dormente, bambas pernas, e um frio um prazer "Ah!" alternando entre espinha e barriga. Aquele desqualificado do caralho. Aquele pulha: aquele sacripanta. Aquele fala-fino inescrupuloso, embusteiro, fraudulento, aproveitador — por que tudo e ele nada? Por que tanta dedicação, tanto zelo, tanta lima, pra um sujeitinho nojento, poeta de menos menor mequetrefe, ficar com o dele, o seu devido, certo, justo, e até com a vadia daquela cadela a quem nunca amou na real: até com ela? E lá ia aceitar esmolazinha? comer na mão dele após tudo — ah, não ia; o que ia é capá-lo depois de o matar, pondo o saco num saco e fritar e comer suas bolas depois, na Argentina; boludos depravados esses argentinos; comedores de bola, de saco de boi — tá bom: tá; capava e lascava fora — tá bom.

O que é dele tava guardado, tá guardado o que era dele — andava à batida do mantra; ah, as frases feitas; virava mesmo um herói, se agarrasse os cabelos da ocasião, se finalmente, "Que demora", enfim cumprisse o seu destino; poeta e soldado; ora, um novo Camões? (era pouco; "Isso é pouco?"); era muito mais engenhoso, ei, o mundo ia descobrir, era agudeza e bom-gosto e erudição — irreprochável técnica e talento indomável — numa pessoa só. Eu, hem.

— E, além de tudo, humilde.

Virou-se e não viu vivalma. Estava no saguão do palácio, já na zona restrita, o homem do senador era mesmo — ulalá — ponta-firme, pontual. Aí não foi difícil, apesar do cagaço e das precauções: desdobrou o mapa e, virando aqui, cruzando ali, acolá se esgueirando (e fruindo além o luxo raro de mijar no mictório presidencial), estacou à porta da sala de chá na hora exata marcada.

Toda a gente no senado; — o palácio às moscas.

Toc-toc-toc.

— Quem é?

Girou a maçaneta "Olá" e entrou.

Capítulo VIII

*Que narra como o presidente se atrasou,
mas ainda assim chegou ao palácio*

Cabeça pesada; corpo amorfo; na boca um cabo de guarda-chuva "Onde é que eu tô?". Ah, quanto tempo... ("Anos? Séculos?") Tempo incontável que não trepava com a mulher. — Sim, ah sim; agora lembrava. Chegaram meio que juntos, meio bêbedos, e, ao acossá-la, mordendo mamilos, mão gorda amassando virilhas, aí bunda, ela ginga, escorrega, "Tarado — peraí; fica aí no sofá enquanto eu ponho um sonzinho e... conhaque? champanhe?", "Champanhe nem a pau", e, depois do conhaque, uma zonzeira, roda o mundo, — "Ei, cacete: caralho — que horas são?", nove e tanto, bobinho, "Nove e tanto? Piranha, Medeia do subúrbio, lambisgoia".

Inda semiatordoado é que levanta, tropeça nas pantufas, chuveiro quente — "Não" — aí morno — "Hum" — e finalmente frio — "Rrrrrrr!". Os remedinhos pra dormir; uma viciada em pó e seus remedinhos pra dormir — pô, mas por quê? Não era mais fácil o "Não quero" de sempre, a melindrosa enxaqueca de sempre, em vez de um gatuno boa-noite-cinderela no conhaque? Ora, a não ser que — molhado e pelado rugindo no corredor — "Aqui agora a minha mulher!", "Saiu cedinho, excelência", ah, tava sim; alguma coisa tava sim acontecendo.

... de mais a mais, tava atrasado mas nem tanto, chegava ao palácio pouco após a votação, ou até no finzinho, e ia pra tal sala gozar um charuto e comemorar, — de mais a mais aquela perra pulguenta, "Vingança é um ensopado frio...", não admirava que fosse o que era e fizesse o que fazia, com uma mãe daquelas, "Aprendeu direitinho", que por ter adotado a neta o foi logo extorquir, na maior: "Imagina, meu genro: recém-empossado, com uma oposição avidíssima pra cevar e satisfazer, e um escândalo assim em todos os jornais" — ê, vagabunda: vagabundas. Ainda as mandava matar, dependendo do seu humor. —

Que estava ótimo naquele dia.

O seu dia.

Ao que em traje de gala "O mais próprio pra hoje?" desceu, rumo à mesa do café, descida a nhaca pelo ralo com a água do banho e os ruins pensamentos.

— Ah...

Esfregou as mãos — ovos mexidos com toucinho, café-piche com gota de leite, pão fresco: devorou. A boca seca pediu um litro d'água.

— Mais água, sinhô?

Camareira gostosa. Cafuza, mulata — o que fosse — e gostosa. Viu-a sair, talvez fosse à lavanderia (deserta àquelas horas?), e decidiu rastrear.

Ela lá, na lavanderia. Devia ter sujado o avental, que desenlaçou airosamente, e logo esfregava com destreza, com minúcia, usando uma escova. E a escova ia e vinha, vinha e ia, e, assistindo ao espetáculo e explodindo:

— Ei, você.
— Que susto, excelência! Algum problema? Eh —
— Nenhum.

Após mole, e quem sabe fingida, resistência no início, deixou-se agarrar, "Hoje eu fodo". Era categórico; o mordomo sabia e a esposinha, se não sabia, ah imaginava — mulher a serviço da presidência só e sempre a que pudesse comer.

A mestria no trato com a escova não mentiu; com que habilidade ela se deixava mover, "Obedecer é uma arte", e se antecipava, agilíssima, ao lance seguinte de um enredo que era dele. E aí... — o inaudito, o inédito, o impensável, o inoportuno; primeiro a mãe, "Porra, mãe: fora! vaza!", depois vó e velhas tias e ele lá, indefeso, bebezão no cangote delas, como quando afogava com leite, "Oh, tadinho", "Tá melhor?", "Vem com a tia", "Ai, nenê", e os mais broxantes do teor.

Aí, pica ex-dura murchinha na cona larga, é sentar-lhe e ressentar-lhe a mão na fuça, "Pá! — pá!", e ela douta, sapiente, já de gatas lhe engata um fio-terra e ele goza, "Atrevida", pá! — pá!, "Se gozei, não broxei".

Suado, a roupa conspurcada, voltou ao quarto para outro banho. O relógio corria, e — o certo é que a roupa não caíra bem; é; traje de gala não combinava com

a sua política, com a sua marca, com o ser-gente-como-
-a-gente-mas-nem-tanto — melhor mesmo era um uniforme militar. Mas... ele não era militar. — Calma aí:
— Diário oficial, bom dia...
— Aqui quem fala é o presidente.
— Bom dia, sereníssimo; em que posso lhe ser útil?
— A edição de hoje...?
— Tá quase, excelência, — só uns últimos retoques.
— Então mete um *ad referendum* aí. Posso ditar?
— Mas, fidelíssimo...
— Ô seu amanuensezinho de merda, eu nem vou dizer que ou isso ou cana porque é banal; é elementar; é...; então é ou isso ou... — tá sabendo da votação de hoje?
— Mas é claro, senhoríssimo; hoje aprovam o seu califado, com a graça de Deus.
— E com a tua desgraça. Então ou é isso ou... —
— Eloquente, senhor, — eloquentíssimo; eu sempre digo que o cume da eloquência é sugerir, não afirmar.
— Anota lá: artigo meia quatro, em carácter de urgência, para sanção posterior, que outorga ao militaríssimo presidente do Conselho a patente de general (no caso, honoriscausa), estribando-se a outorga na lei qual, artigo qual, parágrafo único, da constituição do reino de Portugal, Brasil e Algarve, ainda hoje em vigor.
— "Belicosíssimo vigor" não soava mal...
— Pois seja; —fui.
Agora sim: sem a gala que o pintava de esnobe ou o terno trivial que o desleixava, achara a melhor e única

roupa — não? — "Ora, mas é claro!", sendo a vil populaça louquinha por um verde-oliva. —

O largo extático da quarta do Sibelius.

Ouve sem atender. Ofega. Vibra. Até que:

— Secretário! Era em você mesmo que eu estava pensando; mas olha que não estrague o meu dia nem muito menos se acostume com elogio — e olha bem. Preciso de um favorzinho.

— Eh, hum, mas — mas é claro, excelência.

— Liga pra secção de uniformes do alto comando e manda uma farda de general, com quepe e medalhas, agora mesmo neste instante lá pro palácio.

— Ããã... — um uniforme completinho é obra de semanas, senhor, e —

— O quê que eu disse? Olha lá, olha lá.

— Sim senhor...

("Será pra ele?")

— ... e — suas medidas são as mesmas, senhor?

("Pobrezinho...")

— As mesmíssimas. Tô até ligeiramente mais magro.

— Perfeito ("Ai ai ai..."); é... —

— É o quê? já ligou?

— ... é que o laudo saiu — o do Laclos: é. Acidente criminoso, carro novo sem sistema de freios — pode? —, e um negócio no motor programado para explodir.

— Filhos da mãe —

— Não; é... Quem fez isso não tem mãe não, excelência, — se é que me permite.

— Permito sim.

("Quem será que foi?")

— Bem; permita-me também voltar à sessão do senado, excelência. Tudo corre como o previsto ("Desculpe, senhor"). Encontramo-lo aqui? saudamo-lo... —

— No palácio. Fardado e pronto pra coroa.

— Bem pensado, excelência. A farda é um primeiro ("Quem dera")...

— :

— ... indício de realeza. A ela a choldra tá habituada — e assim não estranha a coroa: uh!

— É isso aí.

...

Caramba. Matar o Laclos por quê? pra quê? Um cafetão concorrente, um credor implacável, — "É: dívida ele tinha: tá" — quem é que foi? Op-op-op-op-op-op — pera lá; "Funciona, ó cachola"; dois homicídios de gente próxima num só dia — ih, tinha cobra no covil, tinha coisa, "Ih tem". Mas: qual era a conexão? O que uma patricinha tinha que ver com um proxeneta, oposição com situação, a tramoia possível de um senador venal, que a morte da filha buscasse intimidar, e as necessariamente escusas — e mais necessárias que escusas — atividades do rufião-mor da grã-finagem?

O relógio voava.

E ele — hum... não conseguia sair, enfronhado na depilação do cabeludo probleminha. Quando abriu a geladeira desenfronhou — "O açougueiro" —, ao dar de cara com um pernil temperado para o jantar.

Bendito acaso. Que arte depilatória a dos gestos inconscientes. Mas — era o bastante? Senador e açougueiro tavam brigados, tá, e o Laclos devia horrores pro açougueiro — e? O cara era rancoroso, tudo bem, tinha perdido a eleição e não tinha aceitado, pediu recontagem, foi ao supremo, difamou, subornou, esperneou, "Chupa o dedo: chupa que a cana é doce". Mas, se o queria atingir, a ele presidente e não outro, atacar esses dois, bem, pra quê? E por que justo esses dois, que pouco se lhe davam, "Pouco? — Nada", e a quem até mataria com os requintes mais perversos, se o vento mudasse e o momento exigisse? Então dá-lhe cabelo de novo na cabeça — cabelo e barba. Hum... — Não; "Tô carequinha; maciozinho; escanhoado, ê" — é conspirata na certa, "Os dois trouxas e mais quantos?", com o açougueiro de fora impondo represália, à guisa de contraconspirador... ou paraconspirador, é, o prefixo "para-", aqui, eh... (subiu correndo pegar a pistola, pôr o colete à prova de balas) — mas por que porra o deixaram de fora? Burrice? Dissensão intestina? Vaidade? Ai, cabelo não; barba não...

Saiu.

...

Num estúdio de tevê.

Chefe da inteligência, açougueiro e primeira-dama. —

Primeiro o dela (um toque retrô, dito "clássico", imitando telefone antigo).

— Ai, é ele... —

— Não atende não — vai, me dá aqui; ou então desliga esse celular.

— "Me dá aqui" — vai, se liga! Tá bom — já desliguei.

("Será que devia ter atendido?")

Aí o do gambé (que não dava pra ouvir direito, mas era meio marcial, meio como o pocotó-pocotó-pocotó-popó da abertura de *Guilherme Tell*).

— Ele de novo?

— Positivo.

— Atenda.

— Mas —

— Eu tô mandando.

— Alô. — Excelência? Bom dia. Tudo bem, obrigado: e o senhor? Ah, sim... A senhora primeira-dama? Não-sim: vou mandar procurá-la agora mesmo, senhor; claro, eu aviso: mantenho-lhe informado — claro-claro. A segurança? Escalei os melhores homens, senhor. Pode estar tranquilo. Tranquilo — fique tranquilo. Sim, sei sim, sim senhor. É um dia único. Dia arquiespecial — um dia histórico. Ã, até breve.

Enquanto na limusine... —

"Por que hoje — e não ontem ou amanhã?" caladinho e nervoso, ele estala um dedo, ele coça caspa, ele rói as unhas — após anos por cima não sabia o que fazer, "Será que desço?", e essa dúvida, esse impasse, "Por que hoje — e não ontem ou amanhã?" justo hoje. —

Ah, não descia. A mulher não atendeu porque o outro não deixou "Ô: isso é lógico", — se esse outro é que instalara o rastreador no seu celular, lá ia ele dar mole, comer bola, facilitar, ô?

Minutos tensos.

Queria poder pedir: queria *saber* pedir —

Soei o alarme — "Ihvh" — e ele atendeu bem quieto,
e aquele meu nó entre ventrículo e átrio
folgou e a borboleta azul da
gola da minha camisa voou.

Não sei quando ouve e quando não ouve, mas
o mais prudente, acho, é destilar primeiro
a bile, a reuma, o fogo-fátuo
dentro de frasco elaboradíssimo,

e só depois, hum, "Vou processar o cara
por negligência ou feio abandono" — lance
desesperado e até que justo,
só que o autuado é o juiz: cê guenta?

Por isso, lindão, vai, vê se toma tento,
toda cabeça é fossa de pombo um dia,
e a chave é bom humor; apura
mãos, olhos, boca, nariz e orelhas,

e sorve o rocio sob o carvão de tudo:
já houve um lugar, lábios, nenhum relógio,
e tudo urgente e tão intenso e
vida que não acabava não.

— como o outro pedia. Mas... — não sabia nem *podia*, talvez. Eram anos de lamaçal "Isso não dá pra limpar", e — não é que o poeta seria seu amigo, isto é, ainda e no caroço, sob o amargo da casca? Gostava dele; "Um pouco presumido, certo" e dele esperava sinceramente (sinceramente?) uma como reconciliação — ou uma pública reconciliação, alô-ô — mediante os trezentos mil. Era uma pechincha — e ele posava de magnânimo, ali benzaço na foto — pois, no fim, "Esse aí trair, não trai".

Arrarrarrarrarrarrá.

E o acaso, o bendito:

"Cabeleireiro. Não ouvi tocar, meu amor, me desculpa. Tô ficando (mais) linda, rerrerrê. Te encontro pro chá — pra gente acabar a conversa de ontem... Me espera com a porta trancada, pois sim? Aí batuco o café-com-pão — nossa senha antiguinha... — e cê me abre. Beijinhos!"

Que cara de sorte, "Estão juntos", as coordenadas batiam e ela e o outro juntinhos "Nalgum motel, ã?", — se saber-se traído afinal era sorte; mas era sim; pois agora não o pegavam de surpresa, "Já me antecipo", chegava ao palácio acionando os *seus* homens dispensando os dele e — mas qual?; o liame do açougueiro com o amante da mulher e a mulher — qual seria?; nebuloso; vai que tavam trepando apenas ("Trepando 'apenas'?") pra macular, garatujar no monumento da sua glória, pervertidos miguelângelos a tirar uma lasquinha da maior estátua do mundo... —

Era isso. Em si não cabia — consigo não quadrava. Mas quando, aziento e aporético, dá por si na garagem do palácio e já alguém lhe abre a porta, "Estes homens não são meus" despistando a segurança entra na área restritíssima cuja senha (ele acha) é só ele que sabe — rarrá —, e é passagem secreta, elevador pessoal, e a pistola na destra quando "Clá!" chuta a porta do banheiro privativo e vê rasto de urina, "É — urina: esse cheiro..." acolá pelo chão: e "Aí tem coisa" pois nunca, ê, jamais por ali vira aquilo, ouve alguém vir entrando, "O assassino", e, gelado de terror, num arroubo, descarrega a automática toda no pobre, azarado, esburacado faxineiro.

Aí é arrastar o corpo.

Limpar o sangue.

Trancar a porta ("Depois eu cuido disso").

E de novo gelar com o que vê lá na sala de chá.

Capítulo IX

Do absolutamente novo e nunca visto comercial da primeira-dama, gravado por ela antes de chegar ao palácio

"Ah, não — puta azar..." ela chega, e ele tá chegando, já chegou, desce pouco antes dela do carro e vem só pimponice, cortesia ("Argh!") "Senhora?" e um risinho ordinário no canto da boca, "Obrigada" mal sai: emburrada e blasê passa reto por ele que ("Argh!") não se dá por achado e, fechando a da mercedes, se lhe adianta, faz mesura, abre a porta da casa ("Argh!") "Madame?" com todos os salamaleques.

Já dentro, ele a aperta e "Ai que nojo" a babuja, o seu cheiro lhe dava náuseas, aí sobre-humanamente se esforçando pra não golfar, se lembrou do conhaque "Ele adora conhaque" e da música de fossa que, enfim, ele bêbedo também adorava, — e por meio dessa dupla foi que as pílulas, o terceiro elemento que era ela, não ele, que adorava e até *amava*, fizeram o serviço "Pilulinhas: minhas pilulazinhas" e a salvaram, sossegando o leão: e foi então que aprendeu, ali na hora, que o amor se propaga, contamina, e, se não pode tudo, pode muito; "Liçãozinha piegas". —

Ele babava no sofá; já passava das duas; — vixe, ih!, se ela dormisse agora não acordava mais, ou não acordava tão cedo, o amor feito pílula era forte, era um baque, ai dopava — despertava muito tarde e bem depois ("Anos? Séculos?") do que era mister. — E era mesmo: porque, quando ainda na festa ("Festinha sacal") foi um "Exausta, cansada — preciso dormir; vamos deixar o de amanhã pra outro dia" em mensagem de voz, voltou logo um "Olha, linda, não é que eu queira, a circunstância é que requer, então--ã, enfim, hum... — não queria te dizer mas preciso, preciso mesmo, eu mando-e-posso mas, acredite, eu também tenho chefe, preciso de grana, né?, salário de polícia, bem... você sabe — ou cê grava o negócio amanhã, e cumpre nosso combinado, ou aí — a tua filha pode sofrer um acidentezinho, é terrível mas acontece, veja você que, por aqui, até ministro e rei até, se houvesse rei, todo o mundo sofre acidente, de maneira que, você sabe, você sabe que eu te adoro, nós nos vemos amanhã".

Ouviu de novo a mensagem — e chorou a ponto de soluçar. Não queria mais a grana, "Mas, enfim: é só grana...", ou não sabia mais se queria ou não; não sabia ao certo, é; — nunca soubera ("E quem é que sabe?").

Sentiu-se suja. Descartável. Um par de coxas, uns seios, bunda — pecinhas de carne prontinhas pra consumir. — Mas *disto* o polícia não desconfiava, rerrê, ó, bem-feito, que o açougueiro seu chefe também dava em cima dela e era louco por ela até mais que o empregado: e um ejaculador "Rá!" mais precoce que ele, era possível?, o que deles fazia um bom par de bons broxas. Agora ria: imaginava uma corja de trogloditas malvadíssimos, todos saradões, este com o rosto do açougueiro, aquele com o do polícia, um terceiro e um quarto com o do marido e o do ex — e todos broxas, rematados broxas, nem bem três centímetros de pau. A ideia a consolou. Cobrou ânimo "Se não posso dormir..." e inalou uma carreira.

Passou a noite inalando e assistindo a *La Traviata*. No finalzinho, chorando de comoção, de ternura, de alegria — tudo junto ao mesmo tempo misturado —, bolou a traça da sua vingança: os dois broxas que "Rá!" a aguardassem; aguardassem-na e veriam.

("Arrarrarrarrarrarrá.")

Logo às seis, encarregou o mordomo de levar o patrão a seus aposentos, tomou um banho rápido, arrumou-se, e, para seu enorme espanto, bateu-lhe aquela fome — pelo que tomou chá depois suco de melancia e, coisa rara, comeu não só um senão dois pãezinhos na chapa, esgueirou-se e saiu.

"Chega de caretice", "Madame?", "Falou", deixa o chofer a ver navios e guia o jipe — um puta jipe blindado —, ligando logo as *Innervisions* do Stevie Wonder ("Too High") e acendendo o que mãe lhe dera na véspera, "Uffffff — á-á-á-á-á!".

E cantavam os pneus.

De repente pensou na filha, — não, ops, ei, na irmã: ô. Era bem inteligente, beleza, "É: a fruta não cai tão longe do pé", mas não tinha tanto inglês para uma bolsa integral nem tampouco, quem sabe, um queí de medicina, "E medicina em Harvard". De maneira que — ah, o seu pai. Sempre ele. Devia de ser o seguro de vida — "Mas que seguro, hem?" — a bancar ao menos parte do estudo da irmã nos esteites, caramba.

Ah, com toda a certeza. —

Uma blitz.

O guarda fez-lhe sinal que parasse, mas ela, avoada, por pouco não o atropela, aí derrapa, vai-e-volta, ziguezagueia, — derruba uns três cones antes de estacionar.

— O vidro, por favor.

— O quê?

— Abaixe o vidro, senhora. E o som.

Era aquela marofa.

— Pois não, policial...?

— Habilitação e documento do carro, por favor. E... — olha, ante este perfume, cof-cof-cof, que, se não configura prova documental, é um indício bem forte ("E bota forte...") de alguma prova, serei obrigado a revistar o veículo, sim?; então desça do carro, por favor, — por obséquio, senhora; ponha as mãos no volante, onde eu possa vê-las, e venha calmamente, saia pausadamente.

— Saio nada. Não tenho documento nem carteira de motorista, e quero que você se foda, vá pra puta que te pariu.

Arrancou-a do carro e imobilizou-a em coisa de dois segundos ou menos.

— Considere-se presa em flagrante por obstrução da justiça e desacato a autoridade, senhora.

— Ai! Vai dar meia hora de cu, bicha morfética! Balacobaco.

Aí o sargento interveio:

— O que se passa, soldado, — ã?

— Maconheira malcriada, senhor.

— Veículo de placa azul... — carro oficial. Você não viu?

— Vi sim, sim senhor, — mas a lei é pra todos, e —

— Cale a boca, soldado. Solte-a já, imediatamente.

— Mas senhor...?

— Dispensado, soldado. Ah: e no fim do expediente não se esqueça de passar no meu escritório para assinar a advertência disciplinar.

— Advertência disciplinar?

— Gancho de três dias; — dispensado.

— Senhor?

— Não: gancho de sete; até mais ver.

Nisto se recompôs; e alisando os cabelos:

— Obrigada, sargento: muito obrigada.

— Não há de quê, minha senhora. Estes subalternos de hoje são uns insubordinados. Lunáticos puros, ingênuos, idealistas. Peço à madame que me desculpe.

— Tá, tudo bem — tá desculpado. Hum... Gostaria de poder retribuir... O senhor por acaso já pensou em virar tenente?

— Pensar, já pensei, sim senhora. Mas a corporação é complicada... — muita política, sabe?

— Ih, sei sim: à exaustão; olha, eu sei tanto que, — o seu nome é este mesmo aí bordado na farda?
— Positivo, senhora.
— Então tá...
Saca o fone da bolsa, fotografa, manuseia.
— ... já mandei pro coronel — viu? — te recomendando... Então: quando o senhor for tenente, não vá se esquecer de mim, tá...?
— Eu: sua graça? —
— Primeira-dama.
Saiu rebolando no salto quinze enquanto o outro se embasbacava, descrente mas boquiaberto. Parou num posto comprar uns drops, foi ao toalete, — daí comprou vodca; e os drops esqueceu; chegou meio atrasada e talvez desfilasse, mas sem dúvida cabível fumava o seu charme longo.

O primeiro que viu "Ai: hoje eles me pagam" foi logo o chefe da inteligência — inquieto e de pé — e atrás dele, sentado, o seu chefe ("Arrarrá"). Faceiríssima:
— Oi-ê.
— Tá uma hora atrasada.
— Ah...
E pós selinho no capacho sentar no colo do mandachuva pariu "Rarrãs", procriou pigarros, suores, palpitações, ("Esse filho da puta...") ("Salafrário") ("Essa amante é minha") ("Á!") — e assim mil outras doçuras em ambos os envolvidos.
O ciúme.
Sempre o ciúme.

— Tudo pronto pra gravar?

Aí já tava de pé, e tomava um copinho d'água.

— Você tá louca? Chapada eu tô vendo que tá — mas deve estar louca também, só pode; é impossível gravar com você neste estado.

— Aaaaaah: não seja severo... Meu sisudinho. Todo polícia é assim machão, brabinho, mal-humorado? Você sabe muito bem que eu tô sempre assim — é meu estado normal. Pra aguentar a vida: cê sabe. Aliás, é você mesmo que me vende a boa, não?, não precisa bancar o sonso pra ninguém...

Piscadela pro açougueiro.

— ... muito menos pro senhor picanha, ei!, que, sendo o dono do produto — e um baluarte do anti--imperialismo sul-americano: é —, sabe muito bem quanto e pra quem os seus colaboradores estão vendendo.

Climão.

O açougueiro riu mais que postiçamente, como se se tratasse ou de burla ou de troça. O polícia — claro — o acompanhou.

— Tudo pronto, senhores; gravamos?

Ela já viera maquiada de casa, então tava mesmo tudo pronto. Quando ia lhe batendo um remorso, "Meu marido, meus filhos, meu Deus", esticou outrazinha e o sufocou. Este era uns dos defeitos da cocaína, aliás: não dissolvia a consciência — sufocava.

Gravando:

"Olá", mulherão súper séxi, saudável, segura de si (com a legenda maria-de-tal, primeira-dama e *cientista*, já pré-preparada), "Eu estou hoje aqui por um motivo importante; para ter uma conversa séria... e descontraída, não é?", joga charme e sorri arrumando o cabelo, "Com você — você que é mãe; que é esposa; namorada; — mas que é sobretudo uma mulher moderna; inteligente; decidida; em dia com a última palavra em matéria de beleza, claro, como toda mulher, mas também preocupada com a saúde e... o nosso planeta. Pois bem: cientistas ingleses provaram recentemente", fala feito peagadê, com graça e persuasão, "Que o flato bovino é um reagente espetacular, poderosíssimo, único, capaz de regenerar a camada de ozônio, evitar as mudanças climáticas, — e, o que é mais", aí em estilo *femme fatale*, "É um potente afrodisíaco. Isso mesmo: um afrodisíaco ir-re-sis-tí-vel. É por isso que adoro carne. Que me visto bem. Que amo a vida. — E, é claro, que eu uso *flatus*®", borrifa o perfume, parece flutuar, "A essência composta com flato de boi. Ajude a preservar a natureza... ficando saudável e bonita: coma carne; use *flatus*®; e seja sempre o centro das atenções", então close nas curvas, decote, o rosto; "Butique Malhadas: muuuuu...".

As palmas troaram.
— Ma-ra-vi-lho-so!
— Ela é mesmo uma deusa...
— É atriz?

E comentários que tais. Quando entrou na salinha privê ("Ê-ê-ê-ê-ê!" — palminhas abstratas) exultou: o açougueiro descascava o polícia que, querendo defender-se sem ofender, tateava, a intervalos, um sermão abrangente, genérico, invectivando ou a vanglória, ora a ira, a avareza — mas indo e voltando e tornando e acabando toda a vez na luxúria, "A postema do trópico, o mal da nação". Circulava uma bandeja com o verde português geladinho que ela pedira. —

Aí direto da limusine:

"Vai, me atende, piranha."

E depois:

— Bom dia, oficial: como vai? Não — não tô nada bem; a senhora primeira-dama... sumiu, escafedeu-se. Sim: a senhora primeira-dama, oficial — seu otorrino tá de férias? Encontre-a imediatamente, por favor, — e me avise. Eh... — mudando de assunto: e a segurança de hoje? Olhe, eu estou muito preocupado — muito preocupado mesmo. Você sabe a importância do dia de hoje, ã? Sabe? Precisamente. Até loguinho, oficial, — até loguíssimo.

Já no estúdio de tevê...

— Ufa.

— O senhor foi perfeito.

— O que ele disse?

— Nada: nada demais.

Segundos silenciosos.

Bebericam, evitam olhar-se; — até que:

— E aí: contamos pra ela?

— Contam o quê?

Fez sinal que sim.

— Que hoje o ex-poeta seu primeiro marido vai matar o ex-presidente seu segundo, — e depois se matar.

— Ex, ex-o-*quê*? O quê? matar?

— É muito pra essa cabecinha... Sorte a tua que o comercial de hoje — meus parabéns pela atuação — valerá por carta de apoio ao governo interino, teteia —

— Hum: rarrã —

— Ops: senhora... — isso ao menos pro povoléu que assim o verá e entenderá talvez, — se é que entende alguma coisa: argh! Quanto à morte... Melhor ex-maridos que filhos, não?

— Ai! — meus filhos?

— Ela não concebe — ela não aceita. Também pudera: uma esposa prestimosa, e genitora exemplar, sem poder nem aventar a infeliz hipótese — infeliz mas real: ai que tempos nefandos! — da morte dos filhos, não suporta, não tolera, não consente tampouco que lhe morram os esposos ilustres (não-não: imagine...), homens que amou talmente, e a quem tanto se deu, que assim só, como ela, as freirinhas do carmelo. Diga lá, ó chefinho?

— Empolado: adiposo. Mas tem sopro, — tem fôlego retórico.

— Obrigado.

— Rarrarrá.

— Arrarrarrarrarrarrá.

Engoliu a seco. E "A vingança... — ensopado frio, a vingança" sentou-se, inspirou, recostou-se — fingia não matutar. Era fácil matar qualquer deles — tão fácil... Podia envenená-los pouco a pouco e gozar cada minuto de sua agonia; podia sem perceberem sedá-los, pô-los no carro e aí, bem, babau; podia esfaqueá-los enquanto dormissem — capando-os primeiro, evidentemente —, e tudo tão fácil, limpinho, tão prático, que era um erro fatal, a esta altura da trama, sucumbir ao desespero ou fazer-se de mulherzinha.

("Fazer-se de mulherzinha...")

— Vão morrer? Tanto melhor.

Os outros se olharam comprazidos, meio crendo, meio descrendo.

— Então você apoia?

— Está conosco?

— Vocês é que têm de decidir qual dos dois é que tá *comigo*: quem vai ficar comigo.

— Como assim?

— Olha: eu gosto dos dois — não consigo decidir. Os dois na cama são geniais, homens fortes, viris, me protegem — me sinto protegida. E, agora viúva, quem vai me amparar? Meus filhinhos, coitados — dá dó: tenham pena. Preciso de abrigo. Quem vai me ajudar?

E os dois:

— Eu!

Aí os mesmos pigarros, rarrãs, desconforto — o ódio previsibilíssimo entre eles.

("São favas contadas — rarrá."):

— Olha: eu vou ao banheiro — licença.

Precisava avisar ao marido — e avisar-lhe de molde que, caso escapasse, não viesse a inculpá-la, prendê-la, exilá-la, matá-la, tratando-a como cúmplice. Mas cúmplice agora "Esses filhos da puta: que saco!" ela era, afinal — porra, agora fazer o quê? Tava perdida. Independente de quem ganhasse. O certo, então, seria esperar. Precaver-se, tentar um equilíbrio, ai, em cima do muro e esperar. Mensaginha pro marido. Sugerindo o perigo que corria "Machos burros: só entendem assim" embutindo-o numa outra sugestão — sexo-sexo. Só pode ser. Esses homens morrem todos pela cabeça ("Rarrarrá").

Saiu:

— Tchauzinho!

Deixou-os a discutir e vazou — não sem antes combinar o que faria, é. Iria almoçar e só depois seguiria pro palácio, "Na sala de chá: tudo bem?"; não se assustasse; não desfalecesse; precisava ser forte — e ter estômago, é, pro que veria na sala: muito sangue... e até tripas, miolos quiçá; — mas oxalá não; "Olha, às vezes, só um tiro na testa, como a filha do senador" ("Assassinos desalmados — sociopatas, ai!, pulhas"); o importante era deixar-se estar; e, sobretudo, fotografar e até filmar e entrevistar "O que vai depender só do teu estado" pela boa imprensa; chorar ia ser fácil, ficasse tranquila: quem, como ela, não tava acostumada, chorava mesmo.

Mas ela não foi almoçar.

Sabendo-se monitorada, deixou o carro no estacionamento do *shopping*, fundiu-se na massa consumidora e, zás-trás, sem ser vista, enfiou-se num táxi "Pra onde, madame?", "O palácio" e partiu.
...
Já batuca o café-com-pão; então batuca de novo, aí rrrrrrr, "Pode entrar", e:
— Oi-ê.

Capítulo X

Onde finalmente se descreve o que aconteceu no palácio, e se dá fim a esta malparada história

Quando então toc-toc-toc, coisa e tal, eis entrou, o poeta topou com a gorda — "Desgraçada!" — vestida de camarista e portando num cabide uma farda nova de general.

— Cê tá um pouco mais magra — mas cê não me engana, gordinha; é você mesma.

— É, sou sim... — geniozinho...

Não quis nem saber — foi logo metendo bala. E aí, né... — bem: dizer que nada acontecia, que os projéteis passavam por ela e iam lá morrer na parede, ou então que o seu corpo gelatinoso, plasmático e seborreico amortecia-os e assimilava-os à sua fantasmal substância — seria, evidentemente, um abuso de credulidade; digamos apenas que tal lhe parecia, ou tal lhe pareceu, ao menos de início e durante uns minutos. Ao cabo dos quais:

— Cê não vê que não adianta? Eu não morro, fofinho: não acabo de morrer. Olha, eu bem que queria — mas, saco!; cês homens não deixam. Já essa infeliz...

Lá no chão, a real camarista jazia desfigurada — tanta bala na fuça espapaçara-lhe as feições, nariz, olhos, boca, maçãs, testa, queixo eram "Argh!" uma maçaroca ultrajante.

— Quem fez isso?

— Ora, quem? Foi você, meu Charles Bronson, foi você. — Mas deixa ela pra lá.

Tira-lhe a arma das mãos e fuzila o cadáver, "Eu também — também quero!", té arrancar-lhe a cabeça e a chutar e com ela destroçar uma senhora duma cristaleira, "Crá-tré-crá!".

— Assim tá bom — tá melhor. Toma aqui o teu revólver.

Tomou. Não sabia ao certo o que estava fazendo, "E quem é que sabe?", mas não conseguia parar e pensar — nem em si (muito menos em si) nem na merda da situação. Concentrou-se. Ao se ir acercando da consciência "Tô quase, ei — sou quase eu" a gordinha ia ficando diáfana, parece que desaparecia. Sumira, ã? — aonde fora?

Um tapaço na nuca.

— Ai! caralho!

— Se liga, ó mané.

— Pô, gordinha... Eu achei que cê tinha sumido.

— Eu não sumo — já disse; é você não pensar que eu não sumo.

Só que ele nem pensava nem não pensava; começou a andar em círculos fuçando gavetas, a estante — coçando o saco com o cano do revólver —, quando subitamente se deu conta; olhou a camarista decapitada; lembrou o dono do café já feito cinza e pó; e desde ali té a fatídica tarde "Ai..." em casa sua, quando meio orgulhosamente, meio "Ai..." irrefletidamente aceitou entrar pra conjuração, sentiu que as coisas se derretiam, ebuliam, evaporavam, "Não!", se ressublimavam num coiso abjeto e mau — num meio-espelho da cristaleira paralisou-se, gana de pôr-se debaixo dum travesseiro, ao ver-se fardado de general emporcalhadíssimo todo em sangue, a ex-cabeça da camarista — com a cara da gorda, "Á-á-á-á-á!", da gorda — sorrindo engrolando cuspindo bramando do lado do espelho no meio dos cacos:

— Ai que bonito o meu general, ai que bonito o meu general, ai que bonito o meu general... —

A porta estava entreaberta. E ele entrou justo quando o poeta fardado acertava a cabeça da camarista, — ou da gorda que fosse — e a cabeça, ao que parece, não assimilou, nem amorteceu, nem, não-não, tampouco isso, se fez de fantasma imuníssimo a chumbo: acabou de explodir; feito uma melancia.

Tendo-o visto pelo espelho, voltou-se — e já então um pro outro apontava sua arma, e vice-versa. Ficaram se estudando. Segundos lentos. Presidente tremendo e poeta entrevado.

Eis que aquele:

— Até tu! será possível?

Daí este:

— Eu o quê? Vim aqui te matar, ora essa — o que mais?

— Dá pra ver... — A propósito, não sabia dessa tua habilidade com o revólver, ã?

— Eu também não.

— É; verdade... — Mas me diga a verdade agora então, puta merda! Quem foi? quem mandou?

— O chefezinho da oposição.

— Fala sério!

("Ora, a filha, portanto, — acidente, é?")

— Olha, é sim; apareceu com uns consócios lá em casa há uns dois dias — nossa, e tanto implorou que aceitei.

— Mas em troca de quê? —

— Disso! toma!

O poeta atirou, mas o tiro, de raspão, do oponente arrancou só meia orelha — ao que, ainda sem dor, por causa da adrenalina, este aqui respondeu e levou a melhor, estraçalhando o já feio e de si vergonhoso nariz adunco do poetinha. Isto é: se é melhor, ao fim e ao cabo, perder bela meia orelha ou todo um hórrido narigão.

Ora, nisso um rolara pra trás duma mesa maciça — aí, pá-pá-pá, "Tó, seu filho da mãe", "Ê, ó animal!", vulnerabilíssimo, o outro voa-mergulha de cabeça "Á!" pra dentro do minilavabo.

"Ufa", pá!, "Foi por pouco"; de onde gritou:

— Pára aí, vai, — me diz por quê. Sim, por que tudo isso agora, se as nossas diferenças acabaram, ô!, ficaram lá pra trás? Cê sabe que eu te admiro — vou até sugerir o teu nome pro Nobel... —

Pá-pá-pá.

— Come chumbo, desgraçado! E vê se pára de adular e de mentir — pô, mas que vício!

— É, tá bom.

Pá-pá-pá — o presidente reage. Trocam tiros inúteis, um e outro morrendo de medo. Até que:

— Tá — tá beleza; eu te digo.

— ...

— *Da capo* cê quer?

— Quero sim.

— Então seja... — pois bem; ó, primeiro de tudo — ou o primeiro que eu lembro —, naquele jornal, é, de quinta, uh, onde a gente trabalhava, cê foi maquiavélico, cruel, carreirista, e fodeu a única promoção que eu queria de facto... porque te conveio, é claro, evidentemente, — por um lance de política que eu graças a Deus me esqueci do que era. Aí, hermano, cê já vereador, você teve a *coragem* de publicar uns meus poemas sob o teu nome — mas que filho da puta cê é —, e eu passei o carão de ir à justiça, perder, ter que ir lá me retratar publicamente, pois no tempo do jornal cê ficou com um caderno que eu tinha te emprestado, sabendo que eu não tinha cópia — tá certo que quando eu o pedia de volta cê me dava uma grana e eu aí me acalmava, ficava quieto, tava meio que implícito, tá, que cê tava me comprando: mas isso, ora isso não se faz, ó xará; muito menos com alguém falido. Terceiro, a mulher. —

— Cê quer ela de volta?

— Deus me livre — problema teu; mas isso, ah, foi uma puta duma cachorrada ("É; cadela ela é")...

Capítulo X

("É; cadela ela é.")

— ... e um negócio, meu chapa, que nem com inimigo se comete.

— Confesso que errei...

— Cê diz isso porque ela é uma tranca.

— Talvez.

— Ah, com certeza... — Ei, e o nosso filhinho, como vai?

— Vai é tomar no teu cu! *Nosso* filho uma ova!

— Só acredito depois do deeneá.

Pá-pá. —

— Toma!

— Tá bom, tá — teu filho...

— ...

— É, enfim. E, por último dos últimos, cê veta o meu poema — uma obra-prima, caralho — e junto me dá o Gonzaga, depois veta o veto e quem sabe, afinal, se não veta esse prêmio amanhã ou dia desses, se é que já não vetou, no melhor estilo morde-e-assopra do Pavlov.

— Estimulação contraditória... — nisto eu sou mestre. —

— Ah, é sim; cê trata todos como cães...

— Comendo na minha mão.

— ...

— Só uma coisa...

— :

— ... tá tudo certo, legal, eu concordo — mas obra-prima o caralho. Teu poema é uma merda, xará.

— Também pudera...

— ?

— ... foi inspirado em você.

Pá.

Pá-pá.

Café-com-pão, café-com-pão, café-com-pão, café--com-pão...

— Chiu, quem é?

— Minha mulher; — ou será a tua?

— Ê minha nada, ei. Mas a porta não tá aberta?

— Acho que o vento fechou. E tem lá uma cadeira impedindo a passagem.

— Vai lá. Eu prometo que não te mato agora.

Pá.

— Ei!

— Não prometi que não atiro... E foi só pra testar se cê tá esperto, ã? — vai lá, vai, pode ir.

Ele foi, rrrrrr arrastou a cadeira, "Pode entrar" e voltou qual corisco. Quando "Oi-ê" ela entrou, viu o estado da sala, não soube o que pensasse. Logo:

— Amor; querida; ô; — tudo bem. Eu tô bem — tô aqui, ó.

E um balaço no teto do banheiro.

— Jesus!

Aí outro no da sala.

— Á! — quem é? quem tá aí?

— Seu bucolicozinho... Em versão sem nariz — e portanto melhor.

— Parem! parem! Meu bem: estão querendo te assassinar.

— Sabe que eu percebi? Arrarrarrarrarrarrá!
— Arrarrarrarrarrarrá!
— Seus estúpidos! Parem já de rir da minha cara!
— Mulher braba.
— Foi por isso que eu a larguei.
— E eu te larguei pois cê é um broxa.
— Rarrá.
— E cê é outro. Seguinte: o açougueiro e o gambé... —
— Eu sabia.
— Quem? quem?
— Pô, silêncio! Se não calarem a boca, abandono é os dois pros leões que vêm aí. Como eu tava dizendo, o açougueiro e o gambé estão por trás de tudo; não sei bem o que é "tudo" — mas sei que esse "tudo" inclui um governo interino; a expressão é deles: "governo interino". De maneira que... —
— Traição no senado! eles vão me trair!
— A essa hora já traíram, né?
— Cala a boca!
Pá-pá.
Pá-pá. —
— Parem!
Ninguém mais escutava nada; o tiroteio seguia, "O que fazer — o que eu devo fazer?", abaixou-se, arrastou-se pra trás de um sofá e refletiu. O ciúme; mulherzinha indefesa... — era fácil; era tudo muito fácil, tava tudo na sua mão.

Do seu canto, observou as trincheiras dos dois idiotas. Como tinha pensado: a da sala era barbada. E foi então que, barriga no chão qual serpente, serpeou, esgueirou-se, deu a volta, e, protegida pelos destroços da cristaleira, "Brutamontes — destruir logo isso?", pôde comodamente sacar seu chiquérrimo minirrevólver de ouro e diamante e atirar à vontade, "Vai — toma!", e, segundo parece, também com muita satisfação, trucidando no ato um poeta sofrível, talvez até bom, mas marido intragável e, nas últimas horas, assassino contumaz.

— Acabou: já tá morto.

— Ele o quê?

— Tá mortinho da silva, meu bem: pode vir — ó o presente.

Apontava o cadáver e ria. E o sorriso, o seu gesto, a voz mesma, nada enfim condizia com a esposa insegura que jurava conhecer.

— Você...?

— Sim; te salvei preparando um presunto de presente. — Agora rápido.

— Rápido o quê?

— Pra que tanta pergunta, benzinho? Eles logo que chegam.

— E daí? Eu ainda sou o presidente — talvez califa —, eu é que mando.

— Será? Já deve estar nos jornais, a uma hora dessas — vamos ver? Tô torcendo por ti, meu homenzinho... Cê tá aí com o teu celular, ã?

— Não, perdi; acho que perdi no tiroteio.

— No tiroteio cê ganhou, meu bobinho. Então deixa que eu olho no meu.

Clica, mexe, digita, "Achei!" e — interpretando em voz alta:

— Morre o califa — é a manchete.

— Morre quem?

— O califa, ó paixão. Os jornais te mataram.

— É o que fazem, os putos; então...?

Fulano-fulaninho — esse é o nome do repórter — direto de *** — essa é a nossa cidade. —

— Vai logo! Cê podia ler logo e sem rodeios, por favor?

— Então segura: tragédia nacional; morreu, na data de hoje, no dia e hora e minuto, talvez, em que foi proclamado califa pelo senado federal após inolvidável sessão solene, o dito pai da nação e excelentíssimo presidente do Conselho e, por poucos segundos embora, — mas gloriosos — califa do terreiro tropical; afora a pátria que por ele chora, deixa sua alteza califal a califesa e o califinha, os quais, quebrantados decerto, senão quebrantadíssimos pelo passamento, serão amparados e ajudados e servidos, na sisífica tarefa de guiar o país, pelo também recém-nomeado defensor perpétuo e regente-mor do califado — e aqui o nome do açougueiro —, mais... —

— O açougueiro o quê?

— Quando um burro fala...

— Vai, segue — vai!

— Tá bom: mais o igualmente recém-empossado segundo-duque-de-caxias, comandante-em-chefe das forças armadas — e aqui o do gambé.

— Assim me matam mesmo.

— Morrendo ou não, cê morreu, meu amor. Ao menos pra política — que é o que importa pra você, vai, vamos e venhamos.

— Tô fodidinho; você pelo menos ficou califesa; — ora, existe "califesa"?

— Que eu saiba não.

— Burocratas terríveis... São capazes de tudo, esses delinquentes.

— Pois é; mas cê sabe que eu não ligo — não faz diferença.

("Não ligo? Não faz?")

— O poder, queridinha... Daqui uns anos você me diz.

— Acho que não vai dar, meu amor... — Então, seguinte: eu já bolei tudo; já planejei e repassei e revi — então me escuta, obedece e vaza.

— Vazar pra onde?

— Cala a boca! Logo chegam aí e, te vendo vivo, te matam — de facto mesmo, isto é, pois de direito cê já morreu.

— Tá — às ordens.

— Seguinte: tá tudo fechado, não tem escapatória, mas podemos manobrar dentro desse círculo, ou no interior do quadrado deles... — seguinte: eles vão precisar de um cadáver, talvez até já tenham um, não é muito difícil arranjar, rerrerrê, mas se a gente lhes providencia, e isso cola, e aceitam, eis aí tua chance — você escapole; então isso: essa farda de general...

Ela aponta — ele olha o defunto.

— Era dele mesmo?

— Não: era minha.

— Pois é; então: o cadáver tá aí, ó; agora é arrancar os dentes, decepar mãos e pés — pra dificultar a identificação — e queimar; digo, queimar o resto, porque o que a gente cortar cê esconde numa mala e depois faz sumir; esses detalhes, porém... talvez sejam precauções quase bobas, infantis, que a gente não pode descartar por perfeccionismo e pra nunca dar sorte pro azar, ô, já que eu, sendo a viúva, e mulher com alguma influência, rerrerrê, nos dois condestáveis do novo império, não vou deixar que te façam a autópsia —

— Autópsia, ora, em mim?

— É você que tá ali no chão ou não é? A importância das palavras — a exatidão das palavras! Não é você que sempre diz?

— Sempre digo...

— Pois então: eu testemunho tudo, você me amarra antes de fugir, aí eu falo que o assassino tal e coisa, que fez tudo na minha frente — ai, na minha frente! —, me poupou por me amar ainda, oh, e se escafedeu.

— Olha — brilhante. Cê só se esqueceu de uma coisinha.

— Que coisinha? Ai.

— Das câmeras.

— Como pode! E agora?

— Estão desligadas, senhor.

Era o secretário. Esbaforido e pudendo.

— Seu traidor filho da puta!

— Não há tempo pra isso, senhor. Não ouvi toda a conversa, cheguei mesmo agora num fim de frase, mas foi o suficiente pra saber que a senhora primeira-dama —

— Califesa.

— Mil perdões; que a senhora *califesa* está certa certíssima. E vocês... — nós, claro, nós sim demos sorte: as câmeras foram desligadas pra apagar as provas do seu homicídio, senhor. Como decerto apagaram: é o senhor que lá jaz, não?

— Sou sim.

— Então pois.

— ...

— Meu senhor?

— O quê?

— É... — sua alteza afinal me permite, afora chamar-lhe "sua alteza" uma vez, ah é uma honra pra mim, majestade — sua alteza me permite que este servo lhe sirva uma última vez?

— Permissão concedida.

— Então desça agora mesmo à garagem, senhor, — pelo seu elevador privativo. Lá vai encontrar uma perua credenciada, daquelas do pessoal da limpeza, e na caçamba... um uniforme completo de funcionário. Tem inclusive um boné ridículo, daqueles comuns entre o vulgo vil: então vista o uniforme e o boné na cabeça, senhor, até a viseira tapar-lhe os olhos — e área, vá embora, sim fuja. No porta-luvas tem dinheiro, passagem aérea e passaporte — a partir do Uruguai, é.

Capítulo X *149*

Então o senhor dirija até o Uruguai, passe lá uns bons dias na estância do meu amigo, aquele, é —

— O doleiro?

— Ele mesmo, é — e, por fim, passaporte italiano —

— Italiano? Não tinha um diferente?

— Esse aí é o mais fácil — qualquer um consegue.

— Por isso mesmo...

— Foi o que deu pra arrumar — aí vá pra onde quiser. Sei que adora Lisboa mas — Luanda; vá cuidar lá das minas que tem em Luanda.

— Cê tem mina na Angola, meu amor?

— Diamantes. Dá um lucro danado.

— Perfeito; parece até mentira; — mas como é que você arranjou tudo?

— Foi assim um *just in case*, senhor. Caso o senhor escapasse com vida — o melhor é prevenir, não?

— Tá vendo, esposinha? Tudo está em escolher os vassalos — eis a regra de ouro.

— Eu sei bem... vassalinho.

E assim foi. Enquanto ele descia, se vestia, vazava, o secretário e a mulher prepararam o corpo. A patota chegou e eles lá estarrecidos, chocados, apoplécticos, inconsoláveis — a patota constituída pelos dois condestáveis à frente, como seria de imaginar, mais o séquito de seguranças, baba-ovos, curiosos e puxa-sacos, incluindo, na rabeira, a prestimosa imprensa. E foi tudo um sucesso.

Parece que o facto todo, ocorrido no dia da independência, foi tido por augúrio, por ato inaugural de uma paz de mil anos, iniciada precisamente com o sacrifício de um homem; o maior dos homens.

Quanto ao poeta, há quem diga que no milissegundo entre a vida que sai e a morte que entra chegou a arrepender-se — mas isto é incerto, e há quem diga o contrário.

...

Luanda.

Meses depois.

Folheando o jornal — "califado do trópico em luto: cai no mar o jatinho que transportava, ai, o defensor e regente-mor, o comandante do exército e um rol seletíssimo de beneméritos empresários a um evento privado numa ilha particular; não há sobreviventes; as buscas já começaram, e a equipe se encontra optimista, 'Podemos achar os corpos — vamos achar os corpos'; a suas altezas califesa e califinha as mais fundas e sentidas condolências da nação — e, aos governantes interinos o ex-secretário e o ex-senador, os votos sinceros de que se efetivem no cargo, sendo, como são, se não os únicos, decerto os mais aptos a guardar e desenvolver o legado de ordem e progresso de seus ilustres predecessores" — empalideceu; recobrou-se em alguns minutos e, levantando-se, abriu a janela, inspirou e sorriu; ela era mesmo um gênio, ora, ora; sem dúvida nenhuma, "Antes eles do que eu".

O POEMA DISSOLUTO

Marco Catalão[1]

Para quem, como eu, acompanha com prazer e interesse a trajetória criativa de Érico Nogueira desde *O Livro de Scardanelli*, de 2008, sua quarta obra pode parecer inusitada à primeira vista. Um romance tão contemporâneo escrito por um poeta que muitas vezes afirmou sua distância em relação ao presente e seu anseio (sua nostalgia) por uma poesia classicizante, alheia ao ruído mundano? Uma descrição tão íntima e envolvente dos conluios, disputas e mazelas dos que se dedicam às vicissitudes do poder elaborada por um autor que costuma dar as costas voluntariamente não só à política, mas a tudo o que cheira a "atual"?

Contudo, não posso deixar de ver em *Contra um Bicho da Terra tão Pequeno* a culminância de um movimento que já se inicia em *Dois*, de 2010, com a irrupção desestabilizadora da série "Deu Branco" em meio aos poemas bem rimados e medidos que a antecedem, e se prolonga em *Poesia Bovina*, de 2014, livro cujos poemas mais vigorosos ("Bucolicazinha", "Charcutaria" e, sobretudo, "Farra do Boi") anunciam a gestação de algo diferente do que o poeta vinha praticando até então,

---

[1] Poeta, dramaturgo e ficcionista. Doutor em Teoria e História Literária pela Unicamp.

como se o mundo contemporâneo forçasse sua entrada numa poesia em que o equilíbrio (de dicção e ritmo) é sempre instável.

Se até agora a poesia de Érico Nogueira se estruturava a partir de dualidades conflitantes (o antigo e o contemporâneo, o baixo e o sublime, o popular e o erudito), a opção pela prosa parece ter aberto de vez as comportas para uma integração mais plena das vozes represadas nos livros anteriores, compondo *personae* muito mais ricas e vivas do que as esboçadas em poemas como "Estudo Barroco para um Poema Moderno". O elemento narrativo está presente em toda a obra de Nogueira, e a compreensão da poesia à maneira clássica faz com que ele alterne com rara perícia as incursões pelos gêneros lírico, épico e dramático. A essa desenvoltura clássica, porém, devemos acrescentar uma característica que se aguça com a fricção do mundo contemporâneo e talvez seja o que torna a obra de Nogueira tão vívida e surpreendente: a recriação de diferentes vozes. A capacidade dramática do poeta em transmutar vozes alheias e torná-las suas se manifesta de várias maneiras: a princípio, com a reverência do aluno aplicado e brilhante que é capaz de atualizar um poeta consagrado (Hoelderlin — ou, mais precisamente, Scardanelli — em seu livro de estreia); depois, com liberdade cada vez maior, traduzindo, adaptando, glosando e reinventando Teócrito, Virgílio, Horácio, Mallarmé, Cavafy e Pessoa; finalmente, em "Farra do Boi", criando um amálgama único entre poesia bíblica e canto sertanejo, cristalizado numa linguagem irredutivelmente singular.

A conspiração que usa o patriotismo como máscara para a avidez mais vil, a polícia que age por interesses escusos e se constitui como poder paralelo, o "suicídio" oficial do assassino, a queda "acidental" do jatinho com poderosos a bordo, a astúcia da mulher que trata como títeres aqueles que desejam manipulá-la — tudo o que nos parece vigorosamente contemporâneo retoma elementos presentes numa narrativa de Tácito que Nogueira toma como ponto de partida. Também está nos *Anais da Roma Imperial* (ou, mais exatamente, no seu livro XV, parágrafos 48-74) a concepção de que os eventos aparentemente mais triviais acabam se revelando determinantes não apenas para o desenvolvimento dos chamados "fatos históricos", mas também para sua compreensão. A relação entre poder e masculinidade, muito presente na obra de Tácito, reaparece em Nogueira de forma peculiar: incapaz de gerar seus próprios filhos, o ditador de "espermatozoides preguiçosos" é traído pela esposa que ele mesmo arrebatara ao poeta frustrado; finalmente, essa mesma esposa se revelará mais perspicaz do que todos os homens que a tratam como uma marionete.

Contra um Bicho da Terra tão Pequeno também evidencia que a tradição da "novela del dictador", tão importante na literatura hispano-americana, é um subgênero narrativo ainda aberto a inovações. Aproximando-se de obras como *Yo el Supremo*, de Augusto

Roa Bastos, *El Señor Presidente*, de Miguel Ángel Asturias, *El Otoño del Patriarca*, de Gabriel García Márquez e *La Fiesta del Chivo*, de Mario Vargas Llosa, a narrativa de Nogueira não se limita a satirizar as relações entre o poder e a poesia. Como no notável romance de Vargas Llosa, o contraponto de diferentes perspectivas traz à narrativa um aspecto caleidoscópico, que nos permite observar a conspiração através dos pontos de vista do próprio ditador, de sua esposa e do poeta conspirador, o que acentua o aspecto irônico da história (e da História), revelando ao leitor não só os interesses mesquinhos que subjazem às estrepitosas ações, mas também a vanidade de seus propósitos e consequências.

Depois do seu auge na década de 1970, quando ditaduras sangrentas e covardes empesteavam a América Latina, a persistência do subgênero em obras contemporâneas parece indicar que ainda não nos livramos da sombra do autoritarismo. Para além da estupidez dos que ainda hoje sonham voltar a lamber as botas dos militares, o que o livro de Érico Nogueira parece mostrar com admirável clareza é a insuficiência de uma democracia de cartas marcadas, em que as estratégias de *marketing* são mais eficientes do que leis abstrusas manipuladas com o intuito de garantir a inocuidade de qualquer resistência, e o máximo a que se pode aspirar na familiar república em questão é a escolha entre uma bela primeira-dama cocainômana, um empolado presidente que abusa da língua e um punhado de salvadores da pátria que só agem em benefício próprio. Ao contrário do que se nota em *La Fiesta del Chivo*, aqui não há saída à vista para uma estrutura de poder que se repete *ad nauseam*, a despeito de quem o exerça nominalmente. A subordinação de todo "gosto pessoal" à lógica do negócio (e tudo se negocia nesse país que me soa tão próximo: o sexo, o voto, a maternidade e, claro, a poesia) leva as personagens a um estado de constante frustração, raiva e embotamento cuja única saída possível parece ser a artificialidade de fugas provisórias e inconvincentes (o sexo, o álcool, a cocaína, o poder e, claro, a poesia).

Tomás Antônio Gonzaga, que já comparecera na epígrafe de *Poesia Bovina*, é outra referência importante no complexo jogo de alusões textuais estabelecido por Nogueira. Impossível deixar de ouvir em *Contra um Bicho da Terra tão Pequeno* o eco da Inconfidência Mineira, episódio emblemático da história nacional em que poesia e insurreição se uniram com resultados trágicos. O que poderia ser tratado como grandioso e épico, porém, neste romance implacável é mesquinho e caduco. O tom satírico e desencantado anuncia de antemão que todo propósito de mudança é falacioso; a poesia, longe de ser um combustível subversivo, é só um jogo de vaidade, estupidez e troca de favores. Aqui e ali, entretanto, acena-se para a possibilidade de algo que transcenda a monótona e previsível alternância de oligarcas no poder; a poesia se insinua em versos que interrompem a linearidade da prosa, em ritmos magníficos que sintetizam o horror (como no decassílabo "preparando um presunto de presente") ou a estupidez (como no impagável panegírico ao campári), em vislumbres desgarrados da intimidade de personagens que, a despeito de seu caráter chão e irrisório, às vezes se permitem surpreendentes voos líricos.

O ponto mais alto do livro não é, contudo, a precisão lapidar da prosa, que em vários momentos revela a mão segura do poeta consumado: "A barraca do coco. Sombra espessa. Cliente nenhum. (Quase a perfeição.)"; "O outro deu-lhe a garrafa e ele a destampou, metendo primeiro o nariz no gargalo — 'Meu Deus, que perfume: guitarras, castanholas, incêndio de Espanha' — e depois dando um gole robusto, uma sede de séculos, que durou quanto dura verter meio litro no ralo da pia", mas sim o impressionante domínio da tensão narrativa, através da alternância de perspectivas e da protelação do momento culminante em que, enfim, as três personagens principais se encontram no episódio decisivo do romance (um clímax um pouco anticlimático e paródico, como não poderia deixar de ser nesse país caricato e realista criado pelo autor). Érico Nogueira consegue o feito raro de compor um romance que se lê como poema, em que cada frase reserva uma surpresa rítmica, uma imagem ousada, um achado verbal, e um poema que se lê como romance, com deliciosa sofreguidão, à espera do desenlace.

Do mesmo autor leia também:

Finalista do Prêmio Jabuti 2011 na categoria Poesia, este livro tocante é ao mesmo tempo virtuosística demonstração de perícia técnica e arrebatadora reflexão sobre o amor e as ambiguidades da existência – daí o título *Dois*. Um livro único no panorama da poesia brasileira atual.

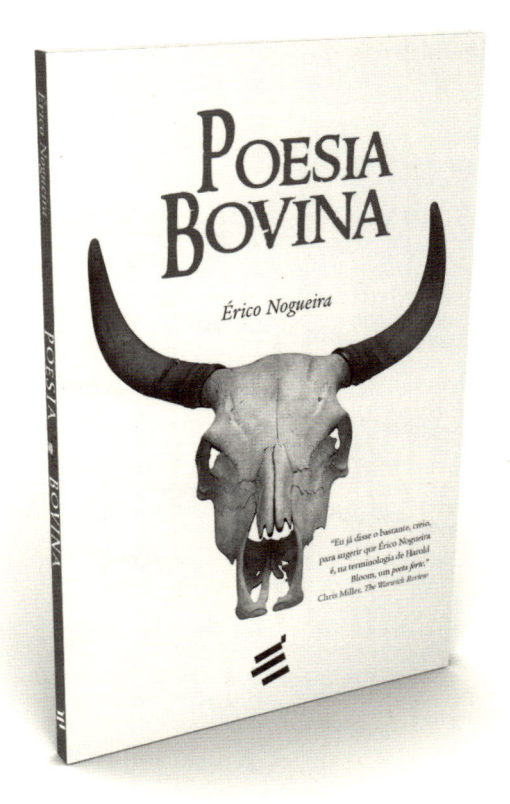

Neste livro extraordinário, finalista do Prêmio Jabuti 2015, Érico Nogueira leva ao limite sua aparentemente inesgotável capacidade de invenção formal, compondo longos poemas narrativos em ritmos novos e surpreendentes, nos quais a metafísica e a teologia se misturam com o escracho e o bom-humor. Imperdível.

OS LIVROS DA EDITORA FILOCALIA SÃO COMERCIALIZADOS E DISTRIBUÍDOS PELA É REALIZAÇÕES

facebook.com/erealizacoeseditora   twitter.com/erealizacoes   instagram.com/erealizacoes

youtube.com/editorae   issuu.com/editora_e   erealizacoes.com.br

atendimento@erealizacoes.com.br